LOCUS

LOCUS

LOCUS

LOCUS

catch

catch your eyes；catch your heart；catch your mind……

Catch 242

老婆，今天可能有點辣

——為癌末妻子做菜

오늘은 좀 매울지도 몰라

姜昌來 著
馮燕珠 譯
薛慧瑩 圖

編輯 連翠茉　校對 呂佳真　美術設計 許慈力
出版者：大塊文化出版股份有限公司
台北市 10550 南京東路四段 25 號 11 樓
www.locuspublishing.com　讀者服務專線：0800-006689
TEL：(02) 87123898　FAX：(02) 87123897
郵撥帳號：18955675　戶名：大塊文化出版股份有限公司
e-mail:locus@locuspublishing.com
法律顧問：董安丹律師、顧慕堯律師　
總經銷：大和書報圖書股份有限公司　地址：新北市新莊區五工五路 2 號
TEL：(02) 89902588（代表號）　FAX：(02) 22901658
初版一刷：2019 年 2 月　定價：新台幣 350 元
ISBN 978-986-213-952-3　Printed in Taiwan

老婆，今天可能有點辣

為癌末妻子做菜

오늘은 좀 매울지도 몰라

姜昌來……………著
馮燕珠 譯
薛慧瑩 圖

前言

為什麼寫這些文章？

從來沒寫過這麼長的文章，揭示我生活的內在；也不曾想過把每一瞬間，像用快照一般記錄下來。

我常常總是腦海一片空白，開始慢慢寫這些文章。雖說我不是從來未曾下廚過，但充其量也只是個觀眾的角色，偶爾在一旁手忙腳亂的幫忙而已。在妻子無法下廚之後，我想我必須做點什麼。但真的有好長一段時間很辛苦。

我會做的料理其實就只有煮泡麵而已，放水、放調味包、放麵，偶爾會加點年糕，煮好之後再打個蛋。雖然也曾經煮泡菜鍋和大醬鍋吃，不過現在想來那時煮的東西只是聞起來很像罷了。誇張的是，我連怎麼洗大蔥再切成一圈圈的蔥花都沒實際做過。

何謂清洗蔬菜我全然不知，對我來說，「清洗」是抹上肥皂，再用搓澡巾搓洗。如果沒有搓澡巾，就用肥皂抹一抹之後沖乾淨即可。

但吃的東西可不能那樣洗。我一頭霧水不知所措，大葉子和小葉子、像菠菜那類的、像薺菜那類的，要怎麼用肥皂清洗呢？尤其是又小又多的葉子，到底要怎樣才能洗乾淨呢？

不只如此，像簡單的豆芽湯，第一次可以看著食譜依樣畫葫蘆做好，但再叫我做，卻怎麼也想不起來該怎麼下手。無論如何都無法習慣的事，硬是要讓它成為習慣，實在很難。不管何時走進廚房，就像有一道絕壁高聳在面前一樣，腦海裡頓時一片空白。

這可不行，寫下來吧！就是這樣我開了一個臉書專頁。起初內容很枯燥，都只是隨手記下的食譜。不知不覺一點一點地變了，做這道料理的原因，還有在過程中所感受到的……一個個片段像用拍立得相機留了下來。

更大的變化來自讀者的反應。也許一開始是對一個人文學者「下廚」這件事感到好奇，但漸漸地，敏感的讀者嗅到了藏在角落裡悲傷的氣味。一位有名的編輯說想將這「像拍立得相片一樣的短文章」集結成書，因為在看似平淡的文字周圍，悲傷卻像隱隱的霧氣一般游移，看過後感到「刻骨銘心」。

他的話打破了我隱忍已久的悲傷，話語的力量真是強大啊！在將悲傷傾吐出來之前是很悲傷，但實際上很少流淚。但是「刻骨銘心」這話像一根針，把積滿了眼淚的鼓脹的袋子刺破了。寫了一會兒文章後哭了，哭了好一會兒再繼續寫，有時也會邊哭邊寫。

書裡有一篇〈無抗生素烤薄切五花肉的神奇效能〉，也許是醞釀最久的吧！那個故事不是當天的日記內容，而是在之後隔了好幾天才寫的。因為那幾天在醫院裡歷經反反覆覆的翻轉折騰，根本沒有「寫文章的餘裕」。那段每天悲與喜輾轉反覆的日子，怎麼能忘得了呢？雖說經過漫長的歲月洗滌後，也許會褪色吧！

接著他問我，為什麼要寫這些文章？

當時無意間看了一部電影《夜行動物（*Nocturnal Animals*）》的片段（當時無法好好將全片看完），其中有一幕印象深刻。

女主角問男主角，為什麼要把自己的故事寫下來？男主角說想把將死的事物救活，讓它可以永遠留下來。或許我聽到的是我想聽的意思也說不定。

雖然我寫了一輩子的文章，但未曾想過把我生命中的一部分永遠地留下來，也許是因為要和在一起共度四十年時光的人離別吧！或許這也不是什麼了不起的理由。

想要分享照顧妻子的每一天；想記下在陌生的廚房裡所學到的事，以及在治療癌症這條看似沒有盡頭的痛苦的荊棘路上，試圖用短暫的喜悅來延長時間。不管再怎麼悲傷的事，只要寫成文字就能得到安慰。

編輯說，如果要把這些記錄集結在一起，書名不如就叫「雜菜的眼淚」怎麼樣？但我倒希望比起悲傷的眼淚，能多點愉悅的笑容比較好，「無抗生素烤薄切五花肉的神奇效能」也不錯。

寫作已經浸透到我的體內，但從不曾像這一次帶給我如此大的安慰。妻子無法看這些貼文，所以我曾經念了兩篇給她聽，編輯出身的妻子聽完果然予以專業的評論。

從編輯的角度來看，文章很好，淡然而優雅，雖然悲傷像影子一般藏匿在各處等待讀者發掘，但那些悲傷是為了愉悅而做的準備，雖然是悲傷的故事，但相信讀者看了會感受到幸福的。

雖然很不好意思，但特別把妻子的評論寫出來是有理由的，在眾人眼中，妻子是非常注重公平性的人，在這段期間對我的文章也會說出「好是好，但是……」（在總編輯的身分之前，她仍是一個妻子，當然也不是每次都這樣），然後冷靜無情的指出缺點，我經常有這樣的感受，心裡很難過，不想再和「這位編輯」合作出書了。

悲傷和痛苦，還有在陌生事物之間的矛盾……希望這些都能透過文字成為愉悅。

妻子開始慢慢整理身邊的事物，並向丈夫提出要求，「這段時間看護一定很辛苦，我沒想到自己可以有那麼長一段時間，能吃到你為我做的料理，真的很好吃。就算我不在你也要好好地做飯吃。現在真的已經沒有多少時間了，現在起大妹會做飯，住進安寧病房後會有專業看護，你跟兒子只要有空來陪我就好了，我也想看看你們。這樣就夠了。在住進安寧病房之前，住在瑞典的二妹會回來，她會待半個月照顧我，這半個月的時間請你幫我完成最後的心願，我想知道在我走之後你會怎麼生活，開始去做你最擅長的事、對世人有幫助的事吧！再也沒有什麼牽掛了，在我離去之前希望可以知道你對未來計畫的藍圖，讓我帶著幸福的想像離去吧！」

目次

每個人都需要甜蜜的安慰

做飯的人也要吃飯

今天就吃一樣的吧

拌一道心靈相通的野菜

涼拌豆芽菜與涼拌菠菜，這二道菜並沒有什麼特別關係。不，其實我也不太清楚。只不過是在有機農作物賣場看到，覺得應該滿適合家人吃才買回來。當然，也可能是因為熟悉才買的，而且料理方法也很簡單。

豆芽菜一大把放進鍋裡讓熱水狠狠翻騰過，爽口的味道就會出來了。趁口感還清脆時撈起來，再用醬料拌一拌就好了。醬料都是由常見的材料組合成的，像蒜泥、蔥泥、辣椒粉、芝麻油、紫蘇油、紫蘇粉等適當地攪拌，「手感」就會出來了。特別是最近完全不用精製鹽或醬油，也沒有精製的甜味，這正是無糖無鹽料理。再懷著誠心攪拌，希望新鮮的豆芽菜加上好的醬料，能成為對健康有益的食品。拌好後漂漂亮亮地放入小碗中，再撒點芝麻鹽，這樣就夠了。芝麻油、紫蘇油、紫蘇粉多加一點或少加一點，味道會略有不同。涼拌豆芽菜放進水裡煮過就會成為豆芽湯。

菠菜放入滾水中大概燙個四、五十秒，然後用冷水沖過，把水分擠乾，要留意如果擠得太用力，會把蔬菜原本的汁液都擠掉；如果擠得不夠，菜就會出很多水，所以力道要適中。切成適當大小，再加入醬料拌一拌，這裡用的醬料跟豆芽菜大同小異，只需拿掉辣椒粉即可。

剛開始會戴上塑膠手套拌，但最近都是把手洗乾淨之後直接用手拌。把感覺集中在手上，當然就有手感，而且這麼做，涼拌菜裡就不會有塑膠手套的味道了。

我寫下各種料理方法，並不是希望別人也跟著這麼做，而是想要把料理時的見聞和感覺記錄下來。我並沒有特別研究或特地去拜師學藝，都是一邊問一邊做，現在刀法也進步了許多，當然在那些功力有九段或十段的人眼裡還差得遠，不過早上做的拌菜和豆芽湯真的大獲好評。

我想起人文學講讀小組的學生中，有一個特別拜師學過料理。他說美食是用心做成的。保持平常心，就能與食材心靈相通。如果生氣食物也會生氣，覺得煩躁時做的菜會很鹹。今天早上在廚房的時間感覺很愉快，樂在其中，以平靜的心做涼拌菜。

不過我很好奇，那些不得不下廚的人是什麼心情呢？他們做出來的食物會是怎麼樣呢？回顧歷史，不，就算現在也還是有很多那樣的人，單純為了賺錢而下廚的人，在某種程度上應該也會有那樣的心情吧！

飽含愛心和真誠的食物才能讓人有飽足感。人類真的是複雜又微妙的動物，就算用相同的材料，經歷相同的過程，還是會因為心情而做出不同的料理。標準化的垃圾食物是多麼病態的食物啊！光是想到就覺得心痛。

在家裡做「中式炒飯」

炒飯要炒得好，最好使用冷飯。因為熱騰騰的飯尚未與這個世界碰撞過，未經鍛鍊，還不夠成熟。想到一粒一粒都要在烈火中跟油相見的苦難，就覺得這應該是冷飯才有的形象啊。

要說在中餐廳裡不軟不硬的炒飯，純粹是「火」的味道，我覺得是騙人的，其味道的秘訣應該在炒的順序。

先來看看有哪些要準備的，不用說，幾乎是任何時候都會用到的調料：蒜末、大蔥切的蔥花，如果想吃辣一點，可以準備青陽辣椒，或是比青陽辣椒辣五倍的泰國小辣椒，其他辛香料就隨自己喜好了。

蔬菜可以準備洋蔥和紅蘿蔔，加一些菇類對健康也很好。其實只要是家裡現有的蔬菜，都可以適當地切一切加進去。

紅蘿蔔切成像骰子大小（切丁），邊長不要超過零點五公分是最適當的，至於洋蔥就要切大塊一點，因為紅蘿蔔比較硬，洋蔥硬度沒那麼高，做菜理所當然要考量食材的性質。菇類可以切厚一點，口感比較好，舉例來說像是洋菇或香菇，一朵大概切成八片或十片左右即可。

另外還需要肉質好的豬肉和雞蛋，豬肉切成一公分大小的肉丁，雞蛋則在碗裡打散。如果想做蝦仁炒飯，在這個步驟中把豬肉換成蝦仁即可。

首先在平底鍋內放點油，放入一點蒜末和豬肉丁一起炒過。炒得差不多了，就把蔥花和辣椒放下去，經過翻炒，油會充滿蒜香、肉香和蔥香，待會兒就用這個油來炒飯。等料炒得差不多熟了就可以起鍋。

接下來把打好的蛋液放入剛才的平底鍋中，稍微熱一下就把冷飯放進去。在這個步驟中，平底鍋裡只有蛋和冷飯。

這個順序非常重要，炒飯的時間大約需要五分鐘，依照專業廚師的說法，在蛋液與飯混合在一起炒的過程中，每一粒飯上面都要均勻浸上蛋液，所以要把一團團的飯敲散，來回翻炒……等炒得差不多熟了時，稍微把飯壓一壓，然後像做煎餅一樣鋪平，翻面數次。平底鍋先略往前推有點傾斜，這樣就很容易翻面了。呼！原本的冷飯就變成像中餐廳做出來的炒飯一樣了。

飯炒好之後，再放入蔬菜一起拌炒，這時可以加點醬油。先把鍋中的材料挪到一邊，在空下來的位置加熱後，再一起混合拌炒。在蔬菜都炒得差不多時，將剛才先炒過的豬肉放進去一起炒。這時要加一點水，大概就是勺子倒個兩、三次左右（像先前倒醬油一樣）一起拌炒。

以我的經驗，照這樣繼續炒會有「好像快燒焦的感覺」，而水正是為了解決這個問題，專業廚師的話果然是對的。

這個炒飯放在碗裡，光看就感覺很好。

什錦高湯跟這個炒飯是天作之合，不過高湯比炒飯複雜，明天再來想怎麼做，試做看看之後再記錄下來。只要確實按照順序，炒飯真是簡單又美味的一道料理。

在平底鍋內加水，再放入一點切好的蒜頭，開火，煮沸後放入黃瓜翻炒。水收乾、黃瓜熟，這時把火關了，將黃瓜移到大碗裡。

將蔥花與青陽辣椒，加上適量的紫蘇粉、芝麻鹽、紫蘇油攪拌，拌好之後漂亮地放到小碗中，用保鮮膜包好，放上餐桌後我回到房間。

她只要我做這道菜，但我怎麼想都不對，我放下筆走出房間，用相同的方法又做了一道涼拌什錦菇，再煮了鍋豆芽湯。

在新鮮的豆芽裡加入一些蒜末，再加點水煮到豆芽熟爛，三分鐘足夠吧？因為放入蒜末，煮滾後容易溢出來，所以要好好看著才行。

煮滾後把半個青陽辣椒，少許菇類、少許豆腐撒在上頭再繼續煮。看看差不多了，再撒上一些看了會開心的蔥花，加點紫蘇粉和紫蘇油，蓋上鍋蓋後我回到房間，寫了封短箋：

怕妳早餐只吃涼拌黃瓜太少，我煮了妳喜歡的豆芽湯。還做了涼拌什錦菇。餐桌上那些菜，只有豆芽湯需要先放微波爐熱一分鐘就好。一個人也要吃飯，要好好地吃，還有別忘了吃藥。

好笑的炸醬

煮了iCOOP生協[1]新推出的安心炸醬麵，我覺得安心，卻也笑了。雖然這是理所當然的，不過想吃正宗炸醬麵可不是只把麵裡附的醬料攪拌一下就行，雖然不是沒有料，但那是絕對不夠的。

將豬肉、紅蘿蔔、洋蔥、馬鈴薯均切丁炒過，再放入炸醬麵所附的醬料包多炒一會，「中華餐廳式炸醬麵」的味道就出來了。

把豬肉最好吃的部位切丁放入炒過。

如果嫌切丁很麻煩，直接買現成的絞肉來煮也行。在平底鍋上放一點點

1 譯註：「生協」，「生活協同組合」的簡稱，由消費者與農民共同營運，多販售產地直送、有機無農藥的安心食品，類似台灣的主婦聯盟生活消費合作社。iCOOP是韓國最大的生活協同組合。

油，再加入大蒜好好爆香，接著加入豬肉翻炒。如果不想讓大蒜燒焦，用小火就可以了。

接著再放入胡蘿蔔及馬鈴薯一起炒，最後將洋蔥放入，當洋蔥看起來「接近透明」時，就代表全都可以了（其實在那樣之前一刻就不要炒比較好……但要怎麼說明呢）。先將炒好的料都挪到鍋子一邊，在空出來的那一邊倒入少許的油，將炸醬麵附的液狀湯汁擠出來，跟「其他炒過的東西」一起炒。如果擔心會焦掉，可以倒入一、二匙水再炒，記得不要倒太多。

如此一來，有著夢幻風味的中式炸醬就完成了，不對，麵到哪裡去了？因為做了炸醬而興奮不已，居然忘了要煮麵。沒辦法，為了避免炸醬乾掉，得用最快的速度準備，要趕快煮麵。

速食麵類要用大火快煮味道才好，相信大家都知道，這段期間我在速食麵堆裡鍛鍊很久了。

如果有豌豆，可以放在炸醬裡，味道出乎意料之外的好，還有炸醬麵上一定要放黃瓜切片，還有半顆水煮蛋，也要乖巧地放上去。

像這樣煮好之後，大家都會喊著：「開動了！」然後狼吞虎嚥。

原本就是為了活命才吃啊！

療癒的明太魚煎餅及馬鈴薯煎餅

深藍的大海，在海底深處
成群結隊呼吸著冰冷的水
在我變長又變大時
與我最愛的同伴們一邊擺動尾巴
一邊翩翩起舞
落入某個善良漁夫的網中
在參觀完適合居住的遠山之後
像埃及王子一樣成為木乃伊
某個孤獨潦倒的詩人半夜寫詩喝酒時，啊

成為他的下酒菜也好
成為他的詩也好
就算我的身體瞬間就被撕碎
但我的名字會留下
明太魚，哼，叫明太魚，哼
會在這個世界留名

這首歌的歌詞寫得真好，啊！歌曲本身也是，很久之前聽過這首歌，當時不知道有多幸福。是小時候的事了，這首以小明太魚為主角的歌曲，當時覺得那種諷刺聽了很過癮。

歌詞以人為中心，「與我最愛的同伴們一邊擺動尾巴／一邊翩翩起舞」小明太魚是不是自己想撕裂自己來安慰人類呢？而且不管那個人是孤獨還是貧窮潦倒；不管他是詩人、小說家，或什麼都不是。

儘管如此，明太魚還是成了一種安慰。它不像鱈魚那麼貴，可以讓人沉浸在清淡、香噴噴的味道中。因為我們是人，所以無法完全擺脫人類的思考方式，這是雜食性動物在辛苦疲憊的日子裡，要虛心接受必須掠奪才能生存的命運。

有的人胃酸分泌過多，無油飲食吃久了，就算吃一瓣橘子也會吐出來，雖然維他命C很好，但吃不了也是沒辦法的事。不過神奇的是馬鈴薯就沒關係，馬鈴薯也富含維他命C，但沒有酸味，所以吃了不會吐，看來吃明太魚煎餅對腸胃也是一種深沉的安慰，再也不吐了。

來做一個吧！先從馬鈴薯煎餅開始。二顆馬鈴薯、一顆洋蔥，洗乾淨後用食物調理機攪拌，加上一點油，「做成煎餅狀」就可以了。非常簡單。在馬鈴薯裡加一點香蔥也不錯，加一點韭菜也很好，如果用的不是無農藥有機食材，那麼可以先在食用醋稀釋過的水中泡五分鐘左右再拿出來料理。

凍明太魚片有賣現成的，我會在有機農賣場買的理由，是因為食品在實驗室內檢驗過後就直接送到賣場，比較安心。買了魚片回家之後就簡單了。

先把魚片解凍，把水分瀝乾，放進裝有全麥麵粉的塑膠袋中，薑黃粉也放一點進去，接著抓住塑膠袋口及袋角搖晃，讓粉角也能均勻地沾附在魚片上。啊，粉角是什麼？在塑膠袋裡的是麵粉，在塑膠袋角的就是粉角啊！抱歉……

將沾滿了麵粉的魚片從塑膠袋裡拿出來，用一個大碗把蛋均勻打散，要小心攪拌，如果蛋在冰箱裡冰太久，先用微波爐加熱十秒較好，不然很難將蛋汁打均勻。

接著將已經裹了麵粉的魚片放到蛋液中均勻沾附，在平底鍋裡倒一點玄米油，待鍋熱之後把魚片放上去煎，記得用小火！用小火！因為很快就會熟了。

魚片煎熟後用漂亮的盤子盛裝，我放了二片上去。怎麼可以無情的只放一片呢？就算只吃一片也要放二片上去；感覺會吃二片的話就放三片在盤子上，剛起鍋的煎餅最好吃，肯定會一掃而空，如果有剩下的我再吃就行了。

飯是用各種豆類和糯米、玄米混合，再加入泡過桑黃菇的水調製，最後撒上亞麻籽和薑黃粉做成的。

飯，越耐細嚼慢嚥越香噴噴，不過這當然是身體健康體力好的人才能享受的，對身體虛弱沒什麼體力的人，有時會無法負荷這種纖維較粗的飯。我很好奇所謂有益健康的食物是什麼，看來就是這種會帶給吃的人壓力的「營養好米飯」了。

我個人認為最好的飲食是蔬食，學者們總說蔬食好卻不知道理由，難道是因為比較少掠奪其他生命體的關係嗎？腦海中沒來由的閃過這個念頭。

雜菜的眼淚

好久沒做無鹽雜菜了，比起用水，如果能用肉湯把粉絲先泡過，做出來的雜菜味道會更好。首先將銀魚、青鱗小沙丁魚、香菇、昆布、辣椒籽、大蔥根等放入水裡浸泡。

這時候可以把豬肉先切成條狀，小胡蘿蔔半根洗乾淨切絲。洋蔥有「藥房裡的甘草」之稱，用一顆小洋蔥，大一點就用半顆，切成長條狀，根部在洗之前就要先切掉。對腸胃好的大白菜也依適當厚度切成絲，這樣待會跟粉絲拌在一起的蔬菜就差不多準備好了。

肉湯都好了，先停下正在準備炒料的手，把粉絲放到肉湯裡去，大概經過十至十五分鐘就會全都脹大，充分脹大後，不需要油，直接放入平底鍋內就可以炒出奇蹟。泡過水中心軸軟弱無力的粉絲會變得圓鼓鼓的，呈現透明狀。

突然想到昨天的涼拌木耳還有剩，於是也一起下鍋炒了。蘑菇一朵、大香菇一朵，切成適當大小，該放的都放了吧？仔細想想因為是無鹽料理，有點擔心會太淡然無味。

這種時候青陽辣椒就非常得體了，因為辣味會讓人忽略其他味道。我拿出一根來切，真可惜，這個不辣，我拿了一小塊來試吃淡然無味。於是再切一根，又切一根，現在終於有點辣味了。

現在都準備妥當了，啊！放一些菠菜下去會很好。可以吃到多樣的蔬菜，洗淨準備好了，放入滾水裡燙個三十秒到一分鐘就行了。

鍋裡倒入少許油，把大蒜放入略炒一下，再加入豬肉。接下來將胡蘿蔔、菇類、高麗菜絲、洋蔥絲等照順序放入翻炒。是不是炒得差不多了，其實用

眼睛就看得出來，第一次做可以試試味道，也可以詢問有經驗的人，如果身邊沒有人，就上網問吧！

豬肉和蔬菜全都炒過，放入大碗中，再炒已經泡過發脹了的粉絲，不需要用油，粉絲自己就會團結起來了。萬一開始有成團的現象，就馬上把剛才炒過的料放下去跟粉絲一起拌炒，炒一炒粉絲就會散開了。

炒好的雜菜先盛裝在大碗中，平底鍋裡再放入一點蒜末，把剛才稍微燙過的菠菜切成適當大小後放入拌炒，然後用另一個盤子盛裝。如此一來，好吃的雜菜就完成了。

結束了！將一人份的雜菜漂漂亮亮地裝入小碗中，在上面綴以菠菜並撒一點芝麻，再淋上少許的芝麻油或是紫蘇油也很好。

總覺得好像有哪裡不對勁，嘗了一下味道，為什麼一點味道都沒有？就算淡到某種程度也可感覺得出來啊，就算不加鹽、不加醬油也不至於……回想一下，才發現忘了加青陽辣椒了，怎麼辦？都已經炒好了……啊！不管了。還是把切好的三根青陽辣椒加入雜菜裡再拌一拌。

「加了一些不辣的青陽辣椒，如何？」

「啊！好辣！你說不辣的青陽辣椒到底放了多少下去？」

「大的，三根。」

結果是邊哭邊喝冰水邊吃雜菜。

「剛才為什麼完全沒聞到味道呢？那些東西，是想要我嗎？」

雖然很辣但激發食欲，辣味贏過了無鹽的淡味，邊灑淚邊吃，不喜吃辣的我也是。

涼拌薺菜

涼拌薺菜或涼拌菠菜都很簡單，只要好好洗乾淨，因為這二樣菜都是在靠近根部的地方容易藏著泥土。在還不了解這個關鍵之前，每次不管怎麼洗，都還是會洗出泥土水來，當時不知道洗得有多辛苦。其實只要適度地把根部切掉，用流動的水清洗就行了，在洗的同時就可以煮水。

如果忘了裝水，那就先把洗好的菜放在一旁！在做菜的時候我會用手機聽說書。不過通常一有空就用手機看電子書，比起用聽的，還是用看的比較好，到現在還是一樣。

做涼拌菠菜，只要把菠菜燙個三十秒到一分鐘就可以了，不過薺菜最少要燙二、三分鐘才行（上網搜尋，每個人的做法都有點不同），然後再好好拌一拌。用來拌蔬菜的醬料基本上是用切碎的蒜末、蔥末，再依照食材的不同加入醬油或大醬、辣椒醬（或辣椒粉），以及芝麻油或紫蘇油。

好的大醬可以幫薺菜增添香氣和美味，但問題是必須是無鹽的才行，這點令人苦惱。在涼拌薺菜裡一點大醬都不加，這樣還會有味道嗎？

不用大醬來拌拌看吧！

「這是什麼味道啊？」

沒有辦法了，只好加入一丁點兒五年熟成的黑色大醬，再次混拌。光是多一點大醬的香味，就會讓涼拌薺菜的味道跟之前很不一樣。再加一丁點兒，雖然好多了，但是還不夠。

「就算不能做到無鹽，至少也要做成低鹽的，要不要再加一丁點兒呢？」

考慮了一會兒，最後還是切了點青陽辣椒放進去，這是用辣味讓人忽略料理無味的老套戰略。

將做好的涼拌薺菜用透明的玻璃小碗漂漂亮亮地盛裝好，再撒點芝麻鹽。

用保鮮膜包好放在餐桌上，今天也寫個短箋吧！

蔬菜濃湯總行了吧

不管怎樣還是應該先放胡蘿蔔比較好，因為胡蘿蔔很硬，要煮很久才會成為「濃湯」。用刀切過就知道，老南瓜也非常硬，不過再怎麼說，南瓜還是比胡蘿蔔軟一點，所以得先把胡蘿蔔放進去。

步驟沒有太大差異。在鑄鐵鍋裡加入三分之一的水，打開爐火再依序放進蔬菜，大蔥、洋蔥、彩椒也切塊放入……大蒜拿二、三顆切成薄片再放進去。

仔細想想，馬鈴薯也早點放進去好了。整顆洗乾淨不需削皮，只要切塊放入即可。要放多少量嘛？考量這些食材的性質，就適量。因為是要做「濃湯」，所以要把胡蘿蔔切塊，說是「切塊」，在喝濃湯的人聽來，可能會覺得有點「大」。那是因為下廚的人希望喝的人也能享受一下咀嚼的滋味……

泡水發過的香菇也切成細條放入，在水量開始減少的時候，就該把番茄放進去。準備三顆大番茄切塊放入，一直煮到軟爛成為「濃湯」為止，大概要煮個半小時才夠吧……

多虧了番茄讓湯變得濃稠，最後再切點菠菜放進去，再多煮一下讓菠菜變熟。吃過的人（雖然都是家人）全都讚不絕口，捧上天，無疑是督促人繼續做菜。

總之，妻子真的吃得津津有味，這樣就夠了。

對了，忘了說花椰菜的事。花椰菜要另外用蒸的。把完成的濃湯以白色的碗盛裝，倒入約一匙的現榨檸檬汁，撒上亞麻籽粉或紫蘇粉，依照各人喜好撒胡椒粉也行，這些調味粉交換使用比較好。

只要食材好，就算做得散漫一點，味道也不會太差。這一刻不知道為什麼沒頭沒尾的想起了牛頓？牛頓因為成為陷入神秘論的鍊金術士，而寫出成為現代科學基石的一本巨作《自然哲學的數學原理》（拉丁語：Philosophiæ Naturalis Principia Mathematica），可以毫無顧忌的操作數字。

坐上時光機的香蕉

火，是時光機。

還未完全成熟的香蕉，靜放要等好幾天才會變熟，但如果放在火爐上，只需十五至二十分鐘就熟了。放在平底鍋上（不需要放油），用中火烤十五至二十分鐘，烤到香蕉皮變黑，熟香蕉的味道就出來了。

今天第一次嘗試，就只有做這一樣。

妻子吃得津津有味。雖然只吃了一點點。

馬鈴薯角、炆黃花魚、馬鈴薯麵、不，還是麵包配抹醬吧

主婦們常說「最好吃的菜就是別人做的菜」，我對這句話深有同感。最近幫別人做菜，每當花了二、三個小時，完成後自己反而不想吃，或許是很自然的反應吧！總之也不是什麼重要的事。

今天做了馬鈴薯角和炆黃花魚，昨天晚上做的涼拌薺菜還有剩，話說回來，還有用了一堆蔬菜燉了二個小時的蔬菜濃湯；一鍋用各種豆子、玄米、糯米、亞麻籽粉、薑黃粉和桑黃蘑菇一起泡的水先煮了飯，再加上核桃、花生一起煮的粥。在做馬鈴薯角前還要先把馬鈴薯煮熟，那個水還可以拿來煮馬鈴薯湯。

馬鈴薯角顧名思義就是把馬鈴薯切成塊狀，先水煮十分鐘左右再拿出來。

因為有酸味，所以對不吃維他命C的人來說很好，是維他命C的寶庫。

在煮馬鈴薯的空檔就順便準備各種辛香料。鹽、糖、蜂蜜、奶油和起司這些都不用，使用的是各式各樣的天然辛香料。從荷蘭芹粉開始，胡椒、羅勒、山椒等等適當地混合在一起，如果還有其他材料，就「隨心所欲」加進去。想「時髦」一點，就多加點胡椒或山椒等重口味的香料。

在平底鍋內加入適量的油先熱鍋，再把水煮過的馬鈴薯放進去。雖然個人喜好不同，但油真的不需要太多，用大火迅速煮熟，這時再把準備好的辛香料撒上去。

這道菜的味道比想像中好。如果想當孩子的點心，可以再準備番茄醬或稀釋過的蜂蜜蘸著吃就好，不過也不是一定要照著這麼做。

為了晚餐先準備炆黃花魚。水產類的料理只要食材新鮮，根本不用多加什麼佐料。鱈魚湯也是只要有新鮮鱈魚，切點蘿蔔下去一起煮就很美味了。

炆魚沒什麼困難，店家都會先把魚處理好，買回家清洗一下就可以了。不過回家拿出來一看，才發現魚鰭「還在」上面，我把鰭切掉用水清洗，已清除內臟的部位和鰓的部分都要特別洗乾淨，然後盛在大小適中的盤子上放入蒸鍋裡。

黃花魚上放滿切成絲的大蔥，蓋上鍋蓋後，將定時開關設定十分鐘。

通常應該要調配夠味的淋醬，不過既然是無鹽料理，這部分就省略，光是魚肉本身就很鮮美了。順道介紹一下，要調配夠味道的淋醬並不難，當然首先需要一瓶好醬油，再加上一點大蒜末、蔥、果糖、香油（或芝麻油）混合攪拌均勻即可。

馬鈴薯角幾乎吃光只剩下一點點，黃花魚在蒸鍋裡還沒拿出來，蔬菜濃湯裝在碗裡還撒了亞麻籽粉，順便把加入堅果粉的粥也舀了加進去。

奇怪的是，不管怎麼看，我就是一點都沒有想吃的感覺，像這種時候，其實煮包泡麵是最好的，從生協超市買回來的馬鈴薯泡麵還不錯，再加點泡菜和豬肉進去，還有冬粉跟年糕，不過想想還是算了，吃麵包配抹醬就好，肚子不餓，其實也就沒有必要吃了。

長崎什錦麵的序論與本論

做一道長崎什錦麵，廚房就會變得像戰場。因為那是一道幾乎用上所有食材的料理，過程中材料會到處亂放，等做好了，善後也要費一番工夫。

查詢百科全書，會先從長崎什錦麵的麵條開始說起。原始長崎什錦麵的麵條是非常扎實好吃的，以我自己下廚的經驗來說，用在iCOOP生協超市買的（冷凍）烏龍麵做最好吃。雖然事先必須好好將冷凍麵條解凍，好好洗過、好好煮熟才行。

做過就知道一點都不難，只不過比較費事，要一次在濃湯裡放入很多東西。硬是要分，可以分成三個步驟，準備湯、準備料、煮麵。

首先是煮湯。原始的湯頭照說明來看，是用豬大骨和雞肉所熬製，那種方法我到目前還沒試過，最簡單的就是到店裡買現成的牛骨高湯，如果想自己在家裡做，可以任選以下的一種方法。

一是煮個湯底，加入銀魚、青鱗小沙丁魚、大蔥根、昆布及辣椒籽，一起煮約二十分鐘即可。對腥味敏感的人可以上網搜尋去除腥味的方法。

第二種就是熬豬脊骨湯，這種方法在前一天就要準備，豬脊骨便宜同時肉也多，充分熬煮後湯頭味道好，還可以吃到肉。前一晚先將豬脊骨放在冷水裡浸泡，隔天把浸泡的水倒掉，將豬脊骨放在鍋裡煮，以去除油脂與雜質，煮好後同樣地把湯倒掉，將豬脊骨洗乾淨，再將洗淨的豬脊骨拿去煮，可以加入生薑及大蒜。做長崎什錦麵，比起濃郁的湯頭，清淡一點會比較好，當然這純粹是個人喜好。

最後一種是蔬菜肉湯。做好這個湯需要花上三個小時，很費工夫，把各種蔬菜熬煮二個小時，備料、處理材料最快也要半小時，材料要十五種以上。

蔬菜肉湯也非常美味，對健康很好，或者將蔬菜切碎熬煮成濃湯也行。

關於湯的事說太多了，序論太長，本論就短了，如果肉湯是序論，那麼放入湯裡的材料就是本論。材料未必非一模一樣不可，大致如下：豬肉、雞肉、海鮮、蝦、魷魚、牡蠣、蛤蜊、大蔥、綠豆芽、洋蔥、胡蘿蔔、高麗菜、竹筍、香菇、木耳、一些魚餅……用這麼多材料，事前準備是一回事，事後整理也不是開玩笑的。所有材料都放一點，意思也是所有材料都會留下一點。

材料都「準備」好之後，就按照順序炒過。除了綠豆芽不用炒，綠豆芽用熱水燙熟，在吃之前放進去就可以了。

一開始先放一點油進鍋裡，再把大蒜和洋蔥、大蔥放下去炒。海鮮可以晚一點再放入，尤其魷魚最好是最後再放，因為煮太久會變硬變老，不僅口感不好，咀嚼起來也會比較辛苦，這樣正好，魷魚在準備上比較費工夫，需要去皮，還要切開。

料都炒過之後，就放入準備好的湯裡開火煮滾，使用蠔油調味，如果想吃辣，就放個泰國小辣椒，或一根青陽辣椒也好。雖然是想當然耳，不過還是要提醒一下，依照分量來調節用量，因為泰國辣椒的辣可是很可怕的。

使用冷凍麵條，最好照著包裝袋上的說明進行，好好解凍後再丟進滾水中煮，麵條就不會變成一團，味道也比較好。絕對不能在結凍狀態下就丟進去煮，後果可就狼狽了。

花了那麼多時間，放入那麼多的材料，不好吃可就怪了。超級無敵好吃！而且吃完後的碗，就像寺廟裡缽盂供養[2]後的缽一樣乾淨，可說沒什麼需要洗的。啊！當然，如果算進事前準備時的那些杯盤的話，要洗的確實可多呢。

2 譯註：佛教的「缽盂供養」，是一種結合飲食與修行的用齋方式。僧人們會將自己缽內的食物都吃光，用餐結束後，在缽內倒入熱洗米水，以一片菜葉擦拭乾淨，再將熱洗米水喝下，然後用清水沖過一遍。連一粒辣椒粒都不能留下。（參考自「韓國佛教宗團協會」）

用時間做成的蔬菜濃湯

上一篇長崎什錦麵裡提到，用蔬菜熬煮的湯底也很美味，味道的層次及感覺與動物性的牛骨湯不一樣，而且用蔬菜所熬煮的湯可說是萬病通治，對健康很好。

有一道湯叫作希波克拉底湯（Hippocratic Soup），據了解是一道可以提高免疫力，幫人戰勝疾病的湯。以各各式各樣對身體有益的蔬菜，經長時間熬煮後再用食物調理機攪拌成濃湯。從材料上來看，每個人對所謂的「各式各樣」蔬菜都有不同的定義。這是理所當然的啊！就像人一樣，再怎麼相似，還是會有一些不同。相似卻不同，按照自己的喜好選擇材料再來熬煮即可。

舉例來說，芹菜、洋香菜根（如果有的話）、大蒜是必備的，韭蔥（leek，西式大蔥）、番茄、洋蔥、馬鈴薯、洋香菜粒少許。

什麼東西該放多少這部分也有一點不一樣，搜尋了一下最近常吃的東西，「事實上」蔬菜類幾乎都對健康有益，可以增強免疫力，還有抗癌的效用。老化的過程是細胞轉化的過程（癌化），如果有抗癌作用，那就對維持青春也有效果。

但是對身體狀況真的很差的人來說，這種濃稠的湯也是一種負擔，這時候只喝熬煮的湯汁也是好的。

九點開始，翻遍冰箱把各種蔬菜都找出來，地瓜、馬鈴薯、蘿蔔、高麗菜、紫甘藍（紫高麗菜）、芹菜、南瓜、花椰菜、紅椒、胡蘿蔔、牛蒡、蓮藕、大蒜、大蔥、薺菜、山蒜、小番茄、洋蔥、洋香菜粉、乾香菇、猴頭菇、桔梗……

高麗菜要切細一點，對消化會比較好。馬鈴薯也放多一點，可以補充維他命C。每一樣都想多放一點，因為各自都有自己的好，但還是打消念頭，隨手拿一點來切，再放進小鍋裡吧！

量大概都是半個拳頭到一個拳頭之間，不過洋香菜粉只有「一點點」，算是可有可無，但總共也放了二十種材料進鍋，都超過鍋子的一半了……倒入一公升的桑黃菇水，剩下的空間就用清水填滿。

爐火轉小，設定為三小時。

「你在做什麼啊？看起來很好吃，我應該吃得下。」

無論何時，能吃的味道才是最重要的，那樣才能「吃得下」。

「鍋裡有二十種蔬菜要燉煮三個小時，很簡單的。」

「那些蔬菜要洗啊、挑的，一定很麻煩吧！」

「還好，蔬菜濃湯就這樣了。要吃什麼？我做給妳吃。」

美味食物的快樂與悲傷

有個臉友敏銳度很高，儘管我努力隱藏自己的情感，他仍從最近上傳的「料理日記」中感覺到悲傷。

昨天在首爾有一場人文學講讀會，有個在料理方面堪稱專家級的學生，一坐下來就開門見山的說：

「老師，把那些料理日記集結成書吧！」

我滿腹懷疑，那些內容可以成為書嗎？成書又會有什麼意義呢？都只是我個人想法的隨筆，似乎還不到集結出書的時候……當初其實都是為了方便記憶才開始寫的，畢竟我得負責準備家裡的三餐啊！一邊上網搜尋一邊跟著做，每天想做不同的料理，只是隔個幾天又再重複同樣的菜也是有的，而且常常想不起來怎麼做。就連簡單如豆芽湯或涼拌豆芽，順序和材料我一點都不記得，一進廚房，腦袋就變得像一張白紙，再回到書房找出食譜，背好之後才又出來，真的很不容易，所以才決定寫下來。這麼乏味的內容竟然讓人產生感情？我自己都不相信，好像沒寫什麼悲傷的故事啊……

又問了問其他學生。

「我最近寫的料理日記看起來很悲傷嗎？」

「是啊！」

大家大同小異的回答，讓我再次感覺到自己有多遲鈍。事實上，第一個傳達這種感覺給我的人，是日前見的一個出版社編輯。

「不知道是不是只有我這麼覺得，在那些料理過程的說明裡，感覺到一種迫切又深邃的心情，很想把它們集結成冊。」

我當時聽了非常驚訝，迫切又深邃的心情……雖然自己不知道是不是那樣，但確實是我想隱藏的情緒，沒想到居然全顯露出來了，真是不好意思。在這裡我有話想要先說，也是給那位留言同樣感到悲傷的臉友。

「這些貧乏的內容，能夠得到大家的共鳴，真的很高興。悲傷就像影子一樣總是跟在我們身邊，雖然努力表現出若無其事的樣子，知道有人同感，我感覺很幸福。但比起悲傷，我更希望是為分享快樂才寫這些內容。常常夜裡做菜，每次做完坐在餐桌上寫短箋時也是這種心情，如果能讓大家同時感受到，那就太好了。」

鹽漬乾黃魚

「謝謝！」

總是很感謝。學生們只要有機會一定準備禮物送來，這次春節禮物是黃魚乾，有著面對任何辛苦也不屈服的意義，不屈不撓的意思[3]。其實單單這份支持鼓勵的心意，我就已經感激不盡了。

蒸一蒸就可以了吧！應該跟蒸黃姑魚沒什麼差別吧？不過為防萬一，還是上網查詢一下。

網上說最好用洗米水先泡個十分鐘左右比較好，我們家早就沒有洗米水了，總不能為了洗米水去買米來洗吧！用糯米粉加水應該可以，不過有點太浪費。

鹽漬乾黃魚的料理方法跟一般魚的料理大同小異，用刀子從頭到尾把魚鱗刮乾淨，「就那樣！」沒什麼困難的，從魚鰓開始用木頭筷子把內臟清除，「蛤？什麼？」從字面上看起來不太能理解，仔細看了看，到底該怎麼辦……？

準備黃魚。有人說先切一半放著，也有人說用刀在上面劃幾道，待會兒用醬料醃至入味；煮的時候為了不讓魚肉黏在鍋底，有人說可以用昆布或是菜乾鋪在鍋底，吃魚的時候，還可以感受到昆布、菜乾的味道和香氣。到底哪一種方法比較適合?實在沒信心。

到底該怎麼做，還是開口問吧！

「為了去除腥味，說要用生薑水或是生薑粉，再倒一些清酒進去……」

3 譯註：曬乾的黃魚漢字為「屈非」。經常為韓國人作為禮物相送。

「都不需要！直接用盤子裝了放進蒸鍋裡蒸就好了，曬乾的黃魚味道就已經很好了，何必還要用什麼醬料醃呢？」

「不是要把內臟去掉……？」

「不用去掉也行。」

「要煎雞蛋放上去嗎？」

「不用裝飾也可以。」

這樣啊！真是太簡單了，用盤子盛裝放入蒸鍋內蒸十分鐘左右。

妻子和兒子的盤子裡各一條魚，還來不及說話就剝起肉吃得很香，還分一點讓我嘗嘗。

「真好吃，吃了黃魚就要不屈不撓。」

他們瞠目抬頭，什麼意思？

「鹽漬乾黃魚的漢字是不屈不撓的意思，看來黃魚是來鼓勵我們的吧！

黃魚有優質蛋白質、豐富的維生素A與D、低脂、助消化，對身體虛弱的人是很好的食物。」

看著他們一邊挑魚刺一邊吃得津津有味，我又回到廚房，把剛剛「準備」的魚一條一條用保鮮膜包好放進冷凍庫。

將星巴克買來的特大杯拿鐵，倒了一點在小杯子裡加熱，剩下的又放回冰箱裡。一片全麥吐司，塗上一點起司奶油、一點藍莓果醬。然後回到房間。

耳朵好癢，好像一直聽到「要不屈不撓喔，老師」。因為蒸黃魚莫名的熱血沸騰（握緊拳頭）。

想念的新年年糕湯

無論如何，在春節，決定吃「想念的」年糕湯。也許想念的人如果來到家裡也會想吃吧！首先得做湯底才行。

材料有牛肉兩斤（一斤牛胸肉、一斤絞肉）、牡蠣兩包（約六百公克）、蝦肉一包（約三百公克）、滿滿的蒜泥、泰國小辣椒三至四根、青陽辣椒二至三根，另外還需要好的醬油，由兒子去採買。

兒子開始放假了，要我也休息一下。那天凌晨又刮起一陣風暴[4]，為了讓妻子恢復穩定，一直沒能好好的睡，那天我回到房間一躺下就睡著了。最近妻子時常發作，讓我不由得羨慕一輩子可以好好睡的人。

夢裡有人告誡我睡太久不好，猛然驚醒，起身到廚房去。

作為湯底熬煮的牛肉在小小的蒸鍋裡沸騰，用勺子將表面殘渣撈起，牛肉便翻騰著浮上來。牛胸肉煮了三個小時後，用手撕成一小塊一小塊，不過碎牛肉剛剛應該要先放進鍋裡才對。

在用牛胸肉熬煮的湯裡倒入半瓶有機醬油，再放入大量的蒜泥。兒子在客廳裡睡著了，甜美激情的音樂敲打著耳朵。妻子的狀態難得比較好，在客廳裡抱著睡得不省人事的兒子，撫摸著他的臉，看著我，笑了。

「差不多快做好了。」

她告訴我接下來要做什麼。

4 譯註：比喻妻子病痛發作極其痛苦的意思。

「把浸泡過水的那兩袋牡蠣和一袋蝦肉放進湯裡，再煮三十分鐘。煎個雞蛋切絲等一下擺上面就可以了。海苔都已經切好適當大小了，啊！還要切一點蔥才行，雞蛋已經拿出來了。」

流理臺上放著裝海苔的桶子，為了做雞蛋絲打了十顆蛋。

「在大平底鍋裡放一點點油就好，把打好的蛋液倒下去煎成薄薄的一片，用小火，稍微等一下，蛋熟了自然就會跟平底鍋分離，那時再翻面即可，如果沒有自信直接用平底鍋拋翻，那就用鍋鏟幫忙吧！」

聽到這句話瞬間燃起拋翻的欲望。在料理之前先打開窗戶，廚房裡因為長時間開著瓦斯爐加上食物的氣味，空氣不太好，對現況來說，這是很重要的問題，還好風並不是太冷。不過還是不能開太久，冷會引發各種痛症。這種時候的進退兩難，反而記起了「carpe diem」[5]。

實際煎蛋才發現很難，又薄又大的圓形蛋皮要翻面可沒想像中那麼簡單，妻子應該不會想看到蛋皮摺起來吧……所以還是用鍋鏟小心翼翼地翻面。黃黃的顏色很漂亮，做了四張大大圓圓的蛋皮。妻子來到廚房，把煎好的蛋皮切成絲，但切了一張就回去客廳了。

圓形的蛋皮放在砧板上先切成一半，重疊在一起再切一半變成四片，然後再切成細長條狀，要非常小心，然後用玻璃小碗盛裝得漂漂亮亮的。

蔥段也要細細地切。這時妻子又來到廚房，兩人一起切，很快就切好了，我的速度和妻子差不多，看來我的手藝進步了，否則就是妻子沒力氣？

「快點煮年糕湯吧！待會還要吃藥啊！」妻子一邊走回客廳一邊說。

「今天就一起吃吧！沒關係。」

我正有點擔心，用肉湯煮的話就不是低鹽的了，是否就另外煮個不加鹽

5 譯註：拉丁文，意指活在當下、及時行樂。

的吧！

短暫的斷食會讓人變瘦，全身的免疫機能會重整呈現最大化，漸漸變得健康。但問題是不能一直餓下去，而一旦開始吃，又會回到「普通」的狀態，像什麼都沒發生過一樣，包括免疫力，身體又恢復成原來的樣子。

如果是比較輕的病痛，一、二週的斷食後重新進食，會調節得像被清洗過一樣好；但換成重病者則會再次病重，尤其是女性，大部分在斷食之後會出現明顯痛症，會吃很多苦頭。不是有句話說，治好女人的疾病比男人的難上七倍嗎？

總之，比起斷食，再次進食才是最辛苦的。身體無法吸收接受的東西，會一再浮現在腦海裡，但即使這樣，一般人最多只要忍耐一個月就可以了，但是與癌症對抗的人得一年。身體必須與想念對抗，嚴格的飲食療法會喚醒心中懇切的「渴望」，看誰可以戰勝渴望這個苦痛。一年的時間，原來渴望真的可以殺死一個人。如果能見一見渴望的臉孔，不知會多幸福。

「知道了，一起吃吧！」

用豬脊骨燉煮的肉湯，整個下午都在用肉片調味煮年糕湯。把兒子叫醒，三個人吃得津津有味，一瞬間所有擔憂都不見，只要好好的吃，carpe diem！新年的年糕湯。

全麥麵包與茶抹醬的療癒

妻子也有在家裡睡著的時候，很罕見，非常罕見。時鐘的聲音、冰箱的聲音，陷入深沉睡眠中像走在真空裡，就是那樣。真空的感覺，像踮起腳跟在家裡打轉，什麼都沒有持續真空。

怕吵醒她，所以轉動房門把手時動作特別輕，只稍微推開一點點門縫。聽到溫暖房間裡熟睡的聲音，便非常小心地把門關上，非常小心地轉動門把關上。

關上房門後，突然一陣飢餓襲來，剛好聽到廚房裡冰箱醒來的聲音，快步走到廚房，從冰箱裡拿出吃的東西。馬克杯中倒入半杯手沖咖啡，加一半的牛奶，放入微波爐熱個二分鐘。拿出來後加一點蜂蜜，再撒一點肉桂粉，大概是蜂蜜中的苦味不會消失的程度，也可以感受到一點甜，肉桂粉就像飄散的花粉一樣撒在上面。

當然這只是希望，大部分不是甜就是苦，很難得可以如願以償，那種感覺或許就跟中了樂透一樣吧！懷著希望那樣的心情，用小湯匙攪動個一百遍。

接下來是麵包。幸好還有兩片全麥麵包，真是太幸運了。用刀子切一半，再用抹刀抹上奶油起司和伯爵茶抹醬。奶油起司幫麵包解飢，伯爵茶抹醬像甜蜜的一吻。

準備兩片夾在麵包中間的新鮮番茄，酸黃瓜和三、四顆黑橄欖，盛在小碗裡，在小飯桌放上漂亮的盤子，擺好麵包，還有咖啡。

喝著像中了樂透滋味的手沖咖啡做的拿鐵，抬頭一看，雪花正紛飛。咬著香噴噴的全麥麵包，品嘗甜甜的滋味，一晃眼，雪停了。

這是很罕見的景象，雪不會隨便什麼時候下，當然也不會說停就停。

書房的書桌上有一瓶伯爵茶抹醬和奶油起司，早餐麵包裝在袋子裡，抹刀橫跨在喝了一半的咖啡歐蕾杯子上。咖啡歐蕾，是在即溶咖啡裡倒入牛奶，攪拌一百次再用微波爐加熱，旁邊有一個水杯。

書桌上和書桌下都有掉一些麵包屑，全麥麵包香是很香，但也很容易掉屑，要吃麵包不掉屑是不可能的事，至少對我這種大剌剌的人是不可能的。吃完麵包之後要清理，這就是真實。

麵包不大，邊吃邊看書一下子就吃光了，就像汽油的味道會瞬間揮發一樣。就是這樣所以瘦不下來，再怎麼勞心費力都沒有用，仇家。

米和發芽玄米各一杯，再加上一杯半的各種豆類，例如紅豆、紅扁豆、腰豆、黃豆、黑豆及薏仁，都可以放一點進去。總共是三杯半。

簡單一點，只要放玄米、黃豆和薏仁就可以了，使用發芽玄米的話，口感會更柔軟，發芽玄米吸水量少，依飯鍋標示放四分之三的水就可以了。

在洗過靜置之後，蓋上飯鍋前，再加入一些亞麻籽跟薑黃粉，對健康很好。最近有些餐廳所提供的飯裡也開始加入薑黃粉了，一杯米搭配半茶匙左右就夠了，當然並沒有固定要多少量。

亞麻籽是眾所周知的超級食物，上網搜尋一下很容易就知道了，問題是直接吃的話會不好消化，所以必須磨過才能加進去。跟穀米的比例大約是一比一即可。

剛開始常常會忘記要加亞麻籽和薑黃粉，把泡了十二個小時桑黃菇的水拿來用，或用泡過蘑菇或赤芝的水也很好，泡了二、三個小時蔬菜的水也可以。

穀米有三杯半，水用不到三杯就可以。如果用二杯半的水煮飯會太硬，為了好消化，所以飯要軟一點比較好。

加了水之後，先放一個小時以上再煮比較好，我通常會放二個小時再煮，如果時間不夠來不及準備，就直接洗好下鍋煮也沒關係，雖然會比不上有泡過一陣子才煮的飯。水也要準備，總之都要事先準備好才行。

對了，飯鍋也有差。現在用的是 cuchen 的電子壓力鍋，隨著鍋子不同，水量也會有些許差異。

就用這個飯來煮松子粥，加了很多松子，還有南瓜和花生也混合成一杯，

的量，磨碎後加進去，煮粥比想像中容易，因為通常要煮很久，所以會用玻璃鍋來煮。

泡過桑黃菇的水倒入鍋裡約一半的量，加入一碗煮好的飯即可。還有磨碎的堅果，煮的過程中其實沒有必要一直攪動，不過為了避免燒焦，還是要適時的攪動才好。就這樣大概煮三十分鐘，就會成為很濃稠的粥了。

這樣的飯和粥不只很有營養，也很容易消化吸收。

你喜歡下廚嗎？

「我是沒得形容的懶人。」

有人問我，我歪著頭回答。

「我的心願啊，」說著，仔細想了想，「通常無法實現的才叫心願不是嗎？所以我的心願，是住在飯店裡每天叫客房服務，只要按鈴，就可以吃到想吃的東西，那種飯店生活，不想自己動手做任何事的懶人如我，會喜歡下廚嗎？」

「可是，那個……」

「要下廚做菜，首先要挑選好的食材，要好好準備食材，要使用合適的器具，要會控制火候，要按部就班、花費心思做好一道菜，還有洗碗、處理剩餘食材等收尾工作也不簡單，這些活做下來手指頭會刺痛、皮膚會痛，晚上會沒有辦法睡覺，懶人如我會喜歡那種事嗎？」

啊！對方露出恍然大悟的表情，想了一下又再問道：

「可是最近看你的貼文，每天上傳的都是關於料理的事啊！既然是不喜歡、不擅長的事，不是應該不要做嗎？」

啊！我遲疑了一下，然後回答道：

「仔細想想，大概有三個理由。做菜給別人吃，別人會開心，我喜歡看別人享受、樂在其中的樣子。我喜歡寫東西，用『心』做完菜，然後寫下來。還有，看到與我心意相通的人們在貼文下用心留言，也會很開心。」

「那麼住在飯店的心願就無法實現了。」

「是啊！那只是心願罷了，會有哪個笨蛋看到美麗的圖片，就相信實際上也是一模一樣的呢？」

像雪一樣白的米湯與麥茶

在這樣的時節常常喝麥茶。「常常」這個詞，讓人好奇是否真的有那麼時常？小時候必須用自來水煮水來喝才行，而少有自來水的時期，好像常常喝麥茶。不知從什麼時候開始，人們不喝自來水，也很少見到麥茶了。

有了小孩之後又再次見到麥茶。遇到發燒身體很不舒服，什麼東西都吃不下，會在飯裡倒滿水，用小火煮兩個小時，再把煮好的米湯喝下去。如果連米湯都喝不下，就煮麥茶。泡兩個小時就會有香噴噴的麥香味，一、二天之後，不知道是不是食欲恢復了，又會開始進食。

煮了白米飯，白米半杯、糯米半杯，加入礦泉水。好久沒見到這麼「純粹」的飯了。飯煮好了，白雪也落下了。我怔怔地看了好一會兒，直到蒸氣散了都還是。雪融化了，就會變成雪水！像雪水般的米湯……這種時候居然莫名其妙地想起這種大叔冷笑話，我心想，要走的路還長得很呢！

在鑄鐵鍋內放了半鍋水，加入一飯勺的白飯，剛開始用大火，必須一旁守著才行，得注意不能溢出來。於是我用手機聽說書。

我聽 bookpot 出版社的《易中天的中國史》，歷史的開端，這本書由人類有了文字之後的生活說起，很有意思，不是聽完就算了，應該也要把書找來看看才行。如果是小說，通常聽過就可以了。

湯汁似乎快溢出來，打開鍋蓋，湯汁又沉下去了。接下來就要慢慢熬了，用最小火煮兩個小時，鍋蓋斜斜地蓋上，露出一點點小縫隙，然後我就回書房了。

塔塔爾凱維奇[6]的《西方六大美學觀念史》（美術文化，一九九九年出版），大概是七、八年前看過，因為覺得需要整理一下思緒，所以又把書拿了出來。

對了，麥茶！我又再回到廚房，在水壺裡倒入一公升半的水，放在爐火上燒，拿出從生協超市買回來的炒過的大麥粒，大概兩個拳頭的分量，輕輕沖洗後備用。等待水滾的時候，將星巴克的拿鐵倒進馬克杯用微波爐熱過，兩分鐘就夠了。

水壺發出汽笛般的聲音，將大麥粒放進去，移到最小的爐子上用最小的火煮。我拿出微波好的咖啡回書房，一邊想著明天可以用米湯加玄米飯煮粥吧！可以的話，再加點柔軟的魚肉或磨好的松子。

6 譯註：瓦迪斯瓦夫・塔塔爾凱維奇（Władysław Tatarkiewi，一八八六～一九八〇），波蘭出生的著名哲學家、美學家，著有三大卷的《哲學史》、三大卷的《美學史》、《關於幸福》、《專心與冥想》、《十七至十八世紀的波蘭藝術》、《西方六大美學觀念史》（參考自網路）。

營養又能當藥的酪梨醬

Guacamole（鱷梨），也就是酪梨，最常見的吃法就是做成沙拉或所謂的莎莎醬。既可以直接做成沙拉，也可以作為蔬菜的蘸醬。如果要做成沙拉，只要將酪梨切成小塊狀即可；若要做成莎莎醬，就要把果肉挖出來搗碎才行。

雖然理所當然，不過酪梨首重品質的差異，市面上有三個五千韓元（約台幣一百六十元）的，也有一個就要三千韓元的酪梨（約台幣一百元）。體積大小感覺不太出來，實際上內容量差很大。大一點的好，最好買大一點的，聽說還有大到像顆小西瓜一樣，不知道那要怎麼處理。

酪梨的熱量很高，富含各種營養成分，尤其含有豐富的 β 胡蘿蔔素，可以減緩老化，老化和細胞癌化其實是類似的意思，因此酪梨當然也有抗癌的功效。還可以幫助維護視力、預防動脈硬化，對皮膚更是不用說的好。

製作莎莎醬其實很簡單，成熟的酪梨、番茄、洋蔥是核心材料，另外再準備一點檸檬汁和義大利香醋。

酪梨剛買回來很硬，沒有辦法直接使用，先放個兩、三天讓它更熟一點，就像香蕉一樣，外皮顏色變深就是熟了，酪梨變軟後就可以用湯匙挖出來使用了。

外皮像用橡膠做成的結實，切開來依照酪梨本身的輪廓挖出果肉，軟軟的像蒸過的馬鈴薯，直接搗成泥狀就可以當成醬料了。

番茄和洋蔥的大小，大約為酪梨的一半即可，跟酪梨混合在一起，可以再加入檸檬汁或是品質好的義大利香醋。依照個人喜歡，也可以加入胡椒或是香菜。莎莎醬建議搭配全麥麵包一起食用，如果買不到全麥麵包，就直接吃醬也行。

忘記什麼時候了，妻子說很想吃酪梨。從超市買一個回來，不料等待熟成的過程中卻爛掉了，也不知道是使用者的錯還是原本品質就不好，於是兒子在他公司附近的百貨超市又再買回來，放了三天才吃，果然非常美味。

從那天起，妻子一天吃半顆，有時候可以吃掉一顆，整整一個月幾乎每天都吃。

莎莎醬很好，但酪梨本身就很好了。酪梨可以說是水果中的良藥，每天都準備著，不要漏掉了。

空間移動的奇蹟，黑豬肉湯麵

是前年吧？家人去了一趟濟州島，但當時我沒去，為什麼沒去？一時想不起來了。她回想著住在有著美麗風景的度假小屋的開心、美好，還說想到了當時吃到很好吃的黑豬肉湯麵。

黑豬肉湯麵裡，豬肉幾乎就是全部的食材了，煮三十分鐘就可以。剛好家裡還有一些濟州島的黑豬肉，雖然不是最適合的部位，不過應該沒關係。

如果有壓力鍋最好，但家裡沒有，於是在鑄鐵鍋裡倒入水，把豬肉和適量「好的大醬、蒜頭、生薑、胡椒粒、肉桂、月桂葉、洋蔥、大蔥」一起煮即可。

把蒜頭和生薑放進去，翻炒一會兒，家裡沒有胡椒粒，只有密封罐裡磨好的胡椒粉，沒辦法，只好用這個了。月桂葉明明有，卻怎麼也找不到。在廚房做菜，就是經常會發生剛剛還看到的東西，一轉頭就不見，不一會兒又出現的奇蹟。

在我們家裡，尤其是剪刀，最常發生這種狀況。今天特別的是月桂葉不見了，因為想不起來裝在什麼樣的容器裡，就算近在眼前也會看不見。常有這樣的經驗，不知道為何就是找不到，偏偏不需要的時候又會神奇的出現，沒有例外。

找月桂葉的過程中，意外看到大蔥，就先把大蔥放進去吧！蔥白部分大概筷子一半的長。大蔥是經常使用的材料，所以總是先處理好放著備用。回頭繼續找月桂葉，又發現了洋蔥，於是又把洋蔥剝了切好放進去。

看來我得放棄月桂葉了，應該沒有太大的影響吧？在煮豬肉的同時再放一個大鍋，用來熬豬大骨。光是煮豬肉的湯汁並不夠，必須再添加大骨湯才行。

瓦斯爐設定好三十分鐘後，我回到書房。不用太急促，差不多都準備好了，何況又沒有餓著肚子在等吃的人。如果急的話，可以用棉布將油脂及雜質濾掉，否則煮好之後，就先放涼，等油脂冷卻凝固就很容易去除了。

青蔥都剁好備用，切成一段一段就行，現在這點刀法難不倒我。麵條還是等要吃的時候再下鍋煮最好。

突然想起來，那次是妻子和住瑞典的二姨子、住日本的大姨子，以及住龍仁的小妹，一起結伴去旅行，還有個三十二歲的健壯兒子隨侍在側護衛。後來聽說沒什麼好護衛的，主要還是擔任提重物的挑夫角色，兒子深受阿姨們的喜愛。

吃著黑豬肉湯麵，想起濟州島海邊那個陽光刺眼的午後，還可以再去嗎？將食物拿出來，光是看筷子的動靜就明白了，心早已瞬間移動了。

應該想像得到，黑豬肉湯麵從湯頭的味道開始就很特別。用豬肉熬的湯，但是裡頭的油脂幾乎已經全部去除，清淡卻又深沉，香味很吸引人。肉也是一樣，大醬帶出一點點鹹，沒有腥味，感覺甜。這是特別的味道與記憶中的場所融合，創造出來的奇蹟。

歐姆蛋的秘密

歐姆蛋是將蛋液倒在平底鍋上，讓蛋液像「大海」一樣散開煎成蛋皮，放上類似餃子餡的餡料，再像三明治一樣夾起來。或者像海面上的雲彩一樣，將披薩配料撒在上面再摺疊起來。歐姆蛋裡什麼都可以包。

用五顆放養雞雞蛋，加一點有機牛奶打散，這時可以加一點大蒜鹽和磨過的胡椒粒增加風味，為了混合均勻打了一百下，或許有兩百下吧？

拿出最大的平底鍋放在爐子上，倒一點玄米油，也可以享受奶油或橄欖油的風味，不過以我目前的情況來說並不適合。開「小火」，等鍋子有點燙了，就把打好的蛋液倒下去，如同漲潮一樣，瞬間深色的鍋底就看不見了。

稍微等一下，擴散的蛋液就會變得像一張披薩的狀態，不加牛奶的話會熟得更快，將「準備好的東西」撒在上面，也可以堆在一邊，像飯捲一樣捲起來，歐姆蛋就完成了，非常簡單。

如前所說，歐姆蛋的餡料必須事先準備好，我準備的是大量的蔬菜。馬鈴薯和胡蘿蔔比較硬，都切成小塊；青蔥有辛辣味要切碎；洋蔥相對比較軟可以切小塊；菇類的大小也跟洋蔥一樣；番茄並不一定得事先切好，但還是要適當大小。數量有點多，都必須先炒好。

在平底鍋上淋一點油，先放入大蒜和剛才切好的蔥末，一定要用小火，接著把馬鈴薯、胡蘿蔔、洋蔥、菇類，一一放入翻炒，炒到洋蔥變成透明為止。把炒好的料都先盛在碗裡，接下來要炒番茄了，倒一點橄欖油，炒到番茄熟透軟爛，再用另一個碗盛裝。

也許會有讀者想問，為什麼要準備那麼多料呢？經過研究，幾乎所有蔬菜類對病人都是很好的食物，很難知道哪一種特別好，何況人也不了解人啊！

能有「多樣的機會」最好。如此看來，放點菠菜好像也不錯，昨天晚上做了醋拌浦項草[7]，拿出來切了一些放進去。

不喜歡吃的東西，可以做成歐姆蛋來吃。因為包在裡頭看不清有什麼，吃下去也不會吐出來，幾乎萬無一失。主宰人身體的是心，多少文明病不就是想法造成的嗎？必要的時候，歐姆蛋會是一個很好的策略，今天也採用了歐姆蛋戰略，至於如何處理？放了什麼進去？這是秘密，恕在下無可奉告。

除了這種像什錦麵一樣豐富多料的歐姆蛋之外，如果想知道其他特殊口味的歐姆蛋做法，可以上網搜尋，涉獵過多樣組合之後，就會找到自己的感覺。

7 譯註：浦項草是菠菜的一種，因為只有韓國的浦項地區有栽種，所以稱為「浦項草」。

每個人都需要甜蜜的安慰

麥金塔 Macintosh 果汁

早上做了混合胡蘿蔔的「麥金塔果汁」，剛開始以為是因為蘋果公司生產的電腦叫「麥金塔」，所以才這麼叫，這無疑是要讓蘋果再次陷入困境吧！應該是那樣。

「麥金塔也是蘋果的品種之一，原來是『蘋果』公司將此品種作為商品名稱啊！英文的拼音有一點差異，蘋果叫作 McIntosh[8]，而電腦叫作 Macintosh。想到麥金塔電腦的失敗原因，就不想叫麥金塔果汁了，不過好玩嘛！」

話雖如此，不過我們吃的蘋果並不是 McIntosh 品種的，McIntosh 蘋果主要是用來做醬料，我們大都吃的是富士蘋果，汁多又香甜。

蘋果對身體好，相信大家都已經聽到耳朵快爛了，不只香甜美味，營養價值也高，更好的是對血糖的影響非常低。

讓我來說說食物和血糖。吃了升糖指數高的食物，血糖很快就會上升，為了讓血糖保持平衡，胰臟就會分泌胰島素，過多的胰島素到達血液時，又會過度降低血糖。這麼一來，人體內一片混亂，成為「壞細胞」的天堂，大量葡萄糖掠奪者會投入將養分一掃而光，正常的細胞就無法好好供給人體需要的養分。

簡單的說就是這樣，一旦開始注意升糖指數，就會對「甜」的東西有所顧忌。空腹吃甜的水果總是讓人放心不下。

8 譯註：旭蘋果（McIntosh或McIntosh Red），一種產自加拿大安大略省的蘋果品種，以發現者約翰・麥金托什（John McIntosh）命名。蘋果公司的麥金塔電腦（Macintosh）名稱即來自於旭蘋果。（參考自「維基百科」）

據了解像草莓、蘋果、梨子等水果味道雖「甜美」，但升糖指數比有些豆腐還低，雖然比大部分蔬菜略高，但比胡蘿蔔低。令人訝異的是南瓜、西瓜的升糖指數幾乎是最高的，南瓜不比西瓜甜，但升糖指數略勝一籌，是對身體不好的甜。

地瓜的熱量比馬鈴薯高，但是升糖指數卻較低。不過這二種都是易升高血糖的食物，不是說不能吃，畢竟它們還具有身體所需的其他營養成分。雖然多此一舉，還是提醒大家不能單單以升糖指數評斷食物的好壞。

加入胡蘿蔔的麥金塔果汁做法很簡單，一個蘋果加兩根胡蘿蔔，榨汁的話大概就是一比二、一比三的比例。食物煮熟再吃，消化吸收率就會提高，人類的身體已經進化到適合「調理過的食物」，因此建議胡蘿蔔要煮熟、蘋果要磨成泥再吃。乍看之下好像很合理，問題是吸收力提高對身體就一定是好的嗎？事實上並不一定。前面提到的升糖指數，還會因為食物的狀態而有所不同，熟的食物大都會讓升糖指數提高，難怪世界免疫學權威安保徹博士說，食物未必要吃熟的。

血糖飆升對身體有害，尤其是對病患，即使是蔬菜汁也會有同樣問題吧？升糖指數的問題大致就是這樣，蘋果是蘋果、地瓜是地瓜，就看怎麼吃、怎麼料理，才會造成大小不同的影響。

食物也沒有唯一正確答案，若能樂觀看待這一切，就是一種美德。

某個半天的菜單

我會在凌晨時先把早上要吃的準備好。一開始是鬧鐘響了就醒來準備，雖然是個夜貓子，但無論如何還是想試試，不過並未撐太久，畢竟是夜貓子啊！所以決定睡前就先準備好第二天的早餐。

今天準備了玄米粥、水蘿蔔泡菜，再加一樣青菜。水蘿蔔泡菜加水稀釋，比較不鹹，蘿蔔切成一片片三角形，白菜也切成一小段一小段。

這次還做了涼拌蘿蔔絲。第一次做沒什麼信心，湊合著還滿像一回事，不過味道如何不得而知，昨天做的涼拌山蒜根本就是個大失敗。

也許因為是第一次所以掌握不到味道；也可能是山蒜洗過頭只留下辛辣味；再不然就是在撒辣椒粉時「下手太重」。我要做的是又甜、又酸、又帶點辣的味道。青梅汁少許、玄米醋少許、寡糖少許、優質韓式醬油少許……把梨子切絲放進去，要是洋蔥先用稀釋的醋泡一泡，就不會那麼嗆了吧。最重要的醬料這樣調配應該很恰當才對，但也太辣了吧！於是早上我把那道山蒜加到清麴醬湯中一起煮。為兒子準備早餐通常會變成「浪費」，所以就這樣把「失敗」給處理了。

涼拌蘿蔔絲與一般食譜稍微不同，我先分析涼拌山蒜失敗的原因，也許「太複雜的組合」是主要問題也說不定，所以呢，放蘿蔔就好。先用鹽把蘿蔔醃一醃，大概三十分鐘吧？當然鹽的用量也有關係。

總之等到蘿蔔變得如橡皮般柔軟就代表醃好了，然後將蘿蔔再過水略洗，醬料則由蒜泥、大蔥少許，加上一般辣度的辣椒粉少許、玄米醋少許、寡糖少許、優質韓式醬油少許調成。

當然，還要有一點不一樣，蘿蔔絲拌好後漂漂亮亮放在白色盤子裡，再撒上少許芝麻鹽。

想到萬一我還沒醒，涼拌蘿蔔絲不夠吃怎麼辦？保險起見，想了想，決定加一道炒櫛瓜。

先準備好櫛瓜，加一些紫洋蔥（大概是一根櫛瓜搭配小洋蔥半顆的程度，櫛瓜適度切半圓，洋蔥切絲）。

鍋裡加一點油，放入蒜泥用小火炒香，再將櫛瓜及洋蔥放入拌炒。等洋蔥變得半透明就表示差不多了，這時再加入蝦醬調味，然後美美地盛起來，撒些紫蘇粉及芝麻鹽就好了。

因為太晚睡，十一點才醒來。到房間一看，兒子已經弄給妻子吃了，她說涼拌蘿蔔絲跟炒櫛瓜都很好吃。

我隨即為辛苦的兒子準備早午餐，直接把現有的涼拌菜和熱騰騰的飯一起拌，輕鬆又簡單，再加清麴醬湯。

清麴醬來自江原道旌善郡，是透過電視購物買的，很方便，品質也好。加些豆腐，放一點「失敗的涼拌山蒜」，還有五、六片燙熟的牛肉薄片就可以了。

用想的就大概知道是什麼味道，再煎個加蔥的歐姆蛋上桌，兒子吃得乾乾淨淨，上班去了。

洗好碗進書房前，我問妻子：

「今天妳想吃什麼？」

她想了想說，想吃糖醋肉。

「那要去買豬裡脊肉才行，還有小黃瓜跟彩椒。」

「醬料裡要加鳳梨。」

「就那樣吧！」

去生協發現豬裡脊肉只有做炸豬排用的那種，看一看厚度好像還可以，雖然需要多切一下但沒關係。還有新鮮的牛裡脊肉，所以也買了一些。必要的蔬菜及水果當然不可少，最後還拿了一袋糯米藥果，有人需要我甜甜的安慰。

料理的起源，青蒜醬

寫文章都是從讀別人的文章開始，從中學習，找到屬於自己的感覺，無論何時，只要能在匠人身邊習得一丁點都是無價之寶。從別人的見解中學習對一個主題進行深刻思考，再針對可以添加或刪減的順序重新進行組合，就能歸納出自己的想法了。

「新的內容」，對某些人來說，絕不是完全新鮮的。就算是你了解的事，在為了「了解」之前，所需要的知識也都是從別人的文章裡借來的。

同樣地，自己沒吃過的東西，要做得好吃可不容易，雖然說不是完全不可能，但要做得好確實很難。

我認識一位廚師，舉凡看到新東西，都一定親自「嘗」試。新的醬料、新的食材，生的也吃、熟的也吃，因為沒吃過做不出來。

有一次，妻子要我做一道燉菜，但我說沒辦法，並非料理方法複不複雜的問題，而是我沒做過也沒吃過。不知道味道如何的料理，無法抓住其中三味。

後來還是找出配方研究了一下，照著步驟做出來，問她味道如何？她說，馬馬虎虎，可以重做一次嗎？

我的睡眠總不長、睡不沉，神奇的是居然會肚子餓。切了一片拖鞋麵包，抹上青蒜醬，如果有鄉村麵包就好了……想著想著又吃了一個荷包蛋、一杯果汁、還有一杯拿鐵。

因為買過PRIMVS[9]的青蒜醬，所以知道那味道。記得當時鄰居的麵包店剛引進，第一天就賣光了，預訂還要排隊。看過食譜後，覺得應該可以自己做，有個朋友用芝麻葉代替羅勒，也覺得很好吃。我也該試試芝麻葉，可以搭配有機全麥麵粉做的鄉村麵包，如果妻子也喜歡該有多好。

9 譯註：日本的食品公司。

「突然想起有加入鳳梨的糖醋肉醬……」

她能吃的東西越來越少了，只要她能吃……

「沒問題。」

「想吃什麼都可以？泰式酸辣蝦湯也行？」

一道讓人愣住的菜。

「只要有食譜有什麼不能做的？不過這是泰國菜啊！應該也需要特別的材料，可能還要到百貨公司超市找。不管怎樣做個決定吧！要做泰式酸辣蝦湯也可以，但需要先累積失敗的經驗，所以無法馬上讓妳吃到，倒是可以先買現成的回來給妳。」

「糖醋肉！」

腦海裡立即浮現家中現有的材料，生薑和各種醬料都有，沒有紅椒，有洋蔥、木耳，糯米粉、太白粉、玉米粉也都有。豬裡脊、排骨和鳳梨則需要去買，先去採買好了。

回到家，妻子睡著了。炸物要一炸好馬上吃最好吃，所以得等她睡醒再炸。

回到書房打開不久前送來的書，是Alma出版社的《紙》，不管內容如何，首先要衡量作者的功力。如果不想浪費寶貴的時間，從序文就可以窺知一二。

文章寫得好，翻譯也譯得好，所以讀起來很順，作者對歷史的洞察深刻，顯現功力不凡，副標題「白色的魔法，紙的時代」，更像是光環一樣。

突然鈴聲響了，我闔上書跑出去，是巨大的海嘯[10]。

妻子在醫院的急診室終於平靜下來，兒子先在醫院守著，我回家休息，但是心裡還是無法平靜，睡不著。

這是前天的事了。

清晨大概五點左右才睡著，醒來時已經八點了，眼睛很痛，腦子也轉不過來，只能從身體可以做的事開始，把堆積的碗盤洗了，把洗好晾乾的衣服收下來，為一起住的植物澆水，過了兩個小時，盥洗一下準備出門了，出門前把要帶去醫院的東西整理好。

那天工作結束後，回家準備去醫院「換班」，緊急準備材料做了糖醋肉。沒有生病的人要好好吃飯，那麼生病的人才能安心一點生病。如果沒生病的人也生病了，對生病的人而言比自己生病還嚴重。再則醫院賣的東西不好吃。

把豬肉切成適當大小，接著先做醬料。在湯碗裡加水到三分之一，加入五匙食用醋、一匙醬油、四匙果糖、不到半匙的鹽，混合攪拌均勻。

洋蔥半顆切絲鳳梨切塊、木耳切適當大小、紅椒也切適當大小、一點胡蘿蔔、黃瓜拿一根切成薄片，其實外觀不是那麼重要。

平底鍋用小火預熱，生薑及大蒜切片，在鍋裡倒少許油，把生薑及大蒜放入炒香。接著把其他材料都放進鍋裡，轉大火快炒。

待洋蔥開始呈透明狀態時（就是還有點白不完全透明），把準備好的醬料倒入一起煮，大概煮一分鐘，然後再加入少許馬鈴薯粉和玉米粉就可以了。

邊煮邊攪拌到適當濃稠，這時發現沒馬鈴薯粉，只好用玉米粉幫醬料收尾了。

10 譯註：意指妻子病痛發作。

這時候突然一陣暈眩，趕緊把廚房的對外窗打開，客廳的落地玻璃窗也打開「通風對流」。雖然冷，但總算清醒一點了。接下來讓豬肉穿上麵衣再炸就行了。

然而不知怎麼的，做麵衣的糯米粉也找不到了，且感到體力不支，都說手指痛連皮膚也會痛，全身彷彿燭火燒盡一樣，氣力空蕩蕩。腦子啊！你可不行……

最後只得把所有東西都裝進容器或塑膠袋裡，全部「丟進」冰箱。

離離落落的糖醋肉到此為止，不知道什麼時候才可以重新開始。

可惜了，成了垃圾的芒果汁

妻子說想喝芒果汁。

「不過現在芒果很貴吧？」

「不用擔心，話說要吃也吃不了多少啊！」

生協超市沒有賣芒果，只好到農協的超市去，正好還有兩顆芒果。

「不過她是說芒果嗎？還是葡萄柚？」

我也不知道自己為什麼每次都會把葡萄柚跟芒果搞混，只好傳簡訊問兒子。

「是說想喝芒果汁沒錯吧？不是葡萄柚汁吧？」

「芒果。」

把兩顆芒果拿起來準備去結帳，但想想第一次做，就先用一顆試試看吧！於是只買了一顆。

家裡有沒有其他多汁的水果？按照之前吃芒果的記憶，如果打成汁應該跟香蕉很類似，會是很濃稠的狀態，但我必須要做個「零果渣」的果汁，應該怎麼做才行……

不想加水，這樣的話就要加西瓜或梨子了。可是西瓜升糖指數高，平常很少吃，還是決定加梨子。

從來沒切過芒果，令人有點不知所措，雖然薄但很硬的種子，橫跨在芒果中間，於是就以種子為中心，切成三等分，中間的這一塊包括種子。

要去除外皮也不像一般水果那樣，而是果皮黏在果肉上，先用刀子把果肉劃成像棋盤一樣，再把皮往兩邊翻就比較容易分離。

切著黃色的芒果，腦海中浮現梵谷畫的向日葵，神奇的是，醫院裡掛了

很多梵谷的畫作，但想起梵谷痛苦的一生，那些畫看了也不是太舒服。

說句題外話，峨山醫院裡不管是掛在牆上的畫，或是插花擺飾都感覺很不自然，新村延世大學附設醫院就有很多不錯的畫作，掛在醫院很適當，畫本身就很好。

啊！不是批評梵谷的畫不好，諷刺的是，有著痛苦的一生的梵谷，他的畫作卻帶給人一種平靜的感覺。舉例來說，最（？）讓孩子們感覺平靜的作品，據說是《在阿爾的臥室》，雖然不能斷定是不是其中之「最」，在威爾·岡波茲（Will Gompertz）所著的《這個作品，怎麼這麼貴？》[11]一書中，就有這麼一個故事。

有一次帶著六歲大的兒子，去一間販售現代美術畫作海報的畫廊，我像個休假日裡和藹可親的父親，要兒子隨便挑選喜歡的海報和明信片。明信片就算了，但海報到現在還記得，他挑的就是梵谷的《在阿爾的臥室》。

「為什麼選這一幅畫？」

「因為心裡覺得很舒服。」

兒子這樣回答。如果梵谷當時就在那間畫廊的話，一定會飛奔前來擁抱兒子，因為梵谷那幅作品所要傳達的就是美好安穩的感覺。顏色、構圖、光線、氛圍、家具，結合畫中一切呈現休憩的心情。

如果說創作一定有它的真實所在，那也只是一部分。若如作者所願，效果顯著，那麼美術也是相當唯物論的產物之一。事實上，現代美術的開端，就在於拒絕並反駁印象派的「科學」知識。

11 譯註：《What Are You Looking at？150 Years of Modern Art in the blink of an eye》，繁體中文版於二〇一四年出版。

藝術可以揭示某些人類的面貌，純乎理性之下直覺的印象，理性的臉孔則是科學藝術！儘管印象派似乎對抗以照片為證的科學，但終究還是無法擺脫框架，無法擺脫科學。梵谷本能的拒絕印象派，先一步走向表現主義，臨死前的生活想必很艱辛。

《在阿爾的臥室》滿滿都是黃色，但我在梵谷這畫裡感受不到安定，因為我知道他當時是在什麼樣的環境下創作，那不是空的臥室嗎？撇除個人主觀意識，不知道還能不能感受到平靜。

類似的理由，從芒果的甜味很難讓人感到安慰，但我知道她為什麼想喝芒果汁，至少只要我做得好喝，就可以看到她幸福的模樣了。

一邊想著空空的《在阿爾的臥室》，一邊做芒果汁，因為太濃稠了，無法做出「零果渣」的果汁。拿了一顆大梨子打成汁混合進去，再用細網篩過濾。真不知是在梨子汁裡加芒果還是在芒果汁裡加梨子？

裝到瓶子裡，好看的芒果都沉到底下，我叫她喝喝看，她說好喝，但很在意「沉在底下的芒果」。第二天，我把放在冰箱裡的果汁清理出來，包括芒果汁。

又隔了一天，妻子問芒果汁呢？我說昨天全喝掉了，妻子說真可惜，她才喝了一點……我說我會再做給她喝。

「芒果很貴啊！」

「二顆不到五千五百韓元（約台幣一百八十元），即使吃又能吃多少？」

很晚了，即使聽到鬧鐘聲響也沒醒，好不容易清醒過來，已經沒有時間了。得幫兒子準備便當才行，雖然兒子說不用了，但做了還是會好好吃完，就像缽盂供養一樣。

從榨蘋果汁開始，我跑進廚房，把蘋果先洗過，切成可以放入果汁機裡的大小。用了兩顆蘋果，只用一顆榨出來的量太少了，用兩顆會剩一點。剩下那一點果汁就我喝了吧！用的是有機種植的蘋果，只要清水洗過就行了，如果不是有機種植的，我會將整顆先用食用醋加水浸泡五分鐘左右再沖洗。

飯的部分，沒有時間的情況下，會在熱騰騰的飯裡加入植物性奶油、三分之一顆酪梨、洋蔥切絲，再淋上調味醬及香油、芝麻鹽即完成，吃的時候，將一片海苔撕碎撒在上面拌一拌味道更好。

酪梨是後熟的水果，買回來先放個三、四天，再放進冰箱，就可以保存很久，大概可以放一個月吧！便當裡有海苔很好，就算沒有，也還有其他東西可吃。如果沒放酪梨會稍微有點鹹，可以加個雞蛋炒一下，也很簡單。

湯就做雞蛋湯吧！很簡單，家中常備有高湯，加入蔥、大蒜煮滾，然後再打顆蛋進去，滾一會兒就可以了，雖然味道每次都不同。

有時候趕時間，會把家裡現有的蔬菜全切一切拌在一起，做成歐姆蛋。泡菜裝在菜盒裡，另外還準備了兒子喜歡的「綠色農場」盒裝鮮奶及杯麵。

兒子問道：

「爸吃過了嗎？」

「還沒。」

「那爸爸的呢？」

「沒做。」很奇怪，自然就變成這樣了，「沒時間了，快點出發吧！爸爸隨便買個三明治吃就好了，反正我會出去喝咖啡。」

在星巴克挑了一個三明治，cajun chicken wrap bistro，名稱顯得十分壯觀，打開一看，是全麥捲餅，包著胡蘿蔔和芹菜的蔬菜棒，還有花生醬；咖啡是特大杯拿鐵加一份濃縮，就這樣隨便吃了。

剛從家裡出來時，天上烏雲密布，此刻則陽光明媚耀眼，我坐在靠窗的座位。

全都吃完了，也該起來了。

再見，陽光先生。

炒飯或什錦麵，以及歐姆蛋

這是終結偏食最好的菜單，雖然用各種疏菜做成拌飯也很好，但太費工夫了。食譜裡雖然羅列有二十種食材（其實這當中放幾樣就可以了），不過料理起來很簡單，特別推薦給總是一個人吃飯的「獨食族」。

胡蘿蔔、馬鈴薯、地瓜、黃瓜、南瓜、洋蔥、菇類、高麗菜、豬肉、烤牛肉餅（牛絞肉）、雞腿肉、蝦、紅蛤、牡蠣、鱈魚肉或明太魚肉、魷魚、彩椒、抱子甘藍[12]、小番茄、蘋果、鳳梨等放進去。適度加一些水果味道會更好，或許是因為我喜歡甜的也說不定。炒飯或是歐姆蛋、什錦麵當然就更不用說了。

12 譯註：抱子甘藍又叫球芽甘藍，英文名brussels sprours，長得像迷你高麗菜，富含膳食纖維及維生素。

啊！當然不是指把這些材料全都放進去，而是適量地挑選放進去。把材料從冰箱拿出來。我是屬於那種會把所有東西都混在一起的人，讓人感覺看不出來到底放了哪些東西。

無論如何都從切豬肉開始，仔細想想，也有先切馬鈴薯或洋蔥的時候，豬肉有時需要解凍。青陽辣椒一定要放，我想要感覺很帥很時髦的味道。如果青陽辣椒不夠，可以多放點胡椒。不過放太多，味道可能會太重，得一邊吃一邊喝很多水也說不定。但煮什錦麵若能放一、兩根弄碎的泰國小辣椒還是最好。

五花肉或豬頸肉很好吃，用裡脊肉和腰內肉也可以。如果不夠，可以加點雞腿或烤牛肉餅，做過幾次之後，才知道一人份該抓多少量。以燉鮟鱇魚來說，買來的豆芽很多，在家裡自己做的魚肉多。意思就是在家裡自己下廚，可以放很多好料，不管是炒飯或什錦麵，料都比飯或麵還多，尤其什錦麵更是，滿滿的海鮮、滿滿的菇類、滿滿的綠豆芽……這點在一般餐廳也是同樣，會給很多綠豆芽，還有黃豆芽。

做歐姆蛋也一樣，如果蛋皮太厚會很難煎；如果餡料太多，蛋皮容易破掉，餡料會溢出來。要適當地收尾，切得漂漂亮亮，單單看起來也賞心悅目。

在家裡自己煮，很快就會肚子餓，莫非是因為都用了好材料，所以特別容易消化呢？

就像醫院裡到處都是病菌，伙食也不怎麼樣，沒辦法，只好花不亞於醫藥費的金錢，買了些「奇怪的東西」來吃，感覺肚子總是飽飽的。

但純粹只是感覺嗎？今天大號之後進去看了一下，天啊！是閃閃發亮的金黃色，這是不可能的，是不是我對所謂的垃圾食品有什麼錯誤的認知？還是因為現在還算健康所以才那樣？又或者因為妻子最近開始吃新藥的關係？

打從一開始就按時服藥，從來不曾遺漏。讓我想起電影《教父》第三集中，艾爾．帕西諾聽到女兒被殺害的消息，從樓梯上跌下掩臉哭泣的樣子。之後……一點維他命、血壓藥、一點蜂膠、深呼吸十多次、時常泡澡……只有這些。經過評估說目前身體的恢復力還不錯。如果可以把這該死的肚子肉消除就好了……為了不管做什麼運動都無法消除的肚子肉著想（雖然不是所有運動都無效，但也差不多），也曾想試試「大家都在吃」的肉鹼[13]。

畢竟有了年紀，也開始思考不能再堅拒藥物的協助，加上有值得信任的人推薦，於是如同年輕人一樣，相信只要有心什麼都做得到的自信感讓我點頭了。

寫到這裡好像離題太多了，醫院生活（？）過久了，連寫文章也變得很奇怪。東扯西扯的，本來在聊什錦麵的，結果整篇文章都變成了「什錦麵」。

13 譯註：肉鹼（Carnitine）是一種類胺基酸，百分之七十以上來自肉類，少部分人體可以自行製造。肉鹼分為D-肉鹼及L-肉鹼兩種異體立構，其中L-肉鹼又稱左旋肉鹼，因為可幫助體內脂肪代謝，所以被包裝成營養補充品或減肥商品販售。

連續幾天熬夜。半夜十二點後才回到家，雖然還有事要做，但身心俱疲，一進門就像氣絕一般地睡著了。大概過了十分鐘吧，聽到鬧鐘響而驚醒，又該準備準備去醫院了。

走進廚房，為了料理果汁。比起每天喝的蘋果汁和胡蘿蔔汁，妻子想喝梨子汁，看來她期待甜甜又清爽的味道。

家裡還有梨子，學生適時送來的新年禮物，一整箱梨子，又大又漂亮。收到時儘管很感謝，但心裡不免想誰會吃呢？因為「我們」並沒有那麼喜歡吃梨子，神奇的是，就在那天晚上妻子突然說要吃梨，大半夜的。

突發奇想，梨子連皮吃才能成為良藥，於是一邊猶豫著一邊探問要不要試試？結果還是不行，只好把梨子皮給削了，而她也只吃了一小塊，大概十八分之一吧！

我擔心的是血糖飆高。像高麗菜只要能吃，通常很樂意再多給，但因為嘔吐得厲害，不管吃什麼都害怕。就算一小塊梨子，也會擔心這個擔心那個。

幾天後，傍晚時分，她大喊著很痛苦，幾乎快昏迷。打了一一九，坐上救護車，緊急送往平常去的醫院急診室。

是腸阻塞，腸子堵住了，所以食物才會往上爬。

急診室醫生搖了搖頭，匆匆忙忙拍了ＣＴ（電腦斷層造影），但似乎還是沒辦法，癌細胞大量轉移，任何手術都不可能，只能先控制疼痛了。

為了止痛而投入的鎮痛劑，不料又誘發更嚴重的嘔吐，因為治療嘔吐的藥會降低腸胃蠕動讓病情更惡化，臨時變通的方法顧名思義就只是臨時使用的方法。

最好是能讓內臟分泌物等以反向逆流出來。雖然憑重力原理自然而然就會流出，但為了盡快排除，決定接上機器，也代表從現在開始什麼都不能吃的意思，就算吃了也無法吸收，只能靠注射補充營養，這是目前最好的方法。

感覺突然面對一座陡峭的崖壁，不禁恍惚。再也不能為妻子做飯了，離離落落的糖醋肉都還沒完成……我做的糖醋肉她還沒吃過啊！那天晚上飄起雪，我坐在急診室外的長椅上不知哭了多久，直到兒子來了，拍拍我的肩膀才回神。

第二天轉移到安寧病房（最近稱為安寧緩和醫療病房），所有疼痛幾乎都止住了。讓我覺得現代醫學真像魔法一樣神奇，原本每天都會聽到的痛苦尖叫暫時停歇了。

雖然不知道還剩多少時間，至少現在可以笑著對話，一旦痛起來就只能跟護理師說話。雖然還是會痛，但因為知道「可以控制」，心裡感覺平靜許多。

仔細想想，乾脆來挑挑有什麼是不能吃的，就從她最喜歡的果汁開始。

首先是梨子汁，因為有皮有籽有果渣，所以要重複榨個兩三次才行。接下來是蘋果汁……番茄汁也是健康良藥……番茄汁纖維質多，抗癌功效也很突出。

不知道她喝不喝，但先做了再說。同時我也有了小小的貪欲，不如高麗菜也試試……只要多榨個幾次，應該也可以像果汁一樣，再加幾樣蔬菜好了……

經過兩個小時，完成了各式各樣的果汁，又突然擔心起來，該不會到頭來大部分都我喝掉的吧？自從下廚之後，常常因為不想把剩下的東西丟掉，結果大都是自己吃完。想起家庭主婦的表姐說過：

「昌來啊！不是表姐我變胖了，是下廚次數多了，總把剩下的食物吃掉，自己好像變成垃圾筒了啊！」

雖然這話沉重又悲傷，但也令人哭笑不得啊！想到這句話，再看看自己，又忍不住咯咯咯地笑了。

妻子很喜歡梨子汁，後來因為喝完了，只好以蘋果汁代替，也喝了一半。番茄汁才喝一口，就不由得打了個寒噤。高麗菜汁，只說顏色很漂亮。至於綜合蔬菜汁，連看都不看一眼，說好像快吐了。

「只要梨子汁就好了……」

安寧病房的生活從果汁開始，兩個星期後就結束了。

昨天沒能看到的東西

由於待洗的衣服太多，用洗衣機洗了兩次才洗完。來回奔走著收拾堆在客廳裡的零亂，東西實在太雜了，真不知道該怎麼辦，還好最後全都收妥了。

晾完第二輪衣服後進屋，看到了白色小花。明明昨天還只是孤零零的枝芽而已……或許是自己沒看到吧。已經不是會注意到花的時候了。

那是櫻桃樹，已經到了開花的季節嗎？我坐在地板上對著櫻桃樹一個小時，應該去睡一下……睡醒之後還要去醫院呢……

手術後才有的想法：該死的ＣＴ（電腦斷層掃描）可以箝制一個人。光看ＣＴ片子，可以看到癌細胞已經擴散，醫生說手術也許沒什麼意義；即使動了手術，也得不到有效的結果。換句話說，光由ＣＴ顯示，癌細胞已經把四處都堵住了，小腸部分也許得做個造口（為了協助排泄）才行，那樣的話，對消化吸收完全沒有幫助，只是個協助的東西。

醫生在那麼多含糊不清的「也許」背後，隱藏著最壞的狀況（這是對醫生必然有的成見）。依照病患目前狀態來看，也許會承受不了手術。是在開腹的狀態下，耗時八個小時的大手術，妻子已經什麼都吃不了，只靠注射營養劑維生半個多月了。

但，這所有的「也許」和手術，卻是唯一的希望，或者是最後的希望也說不定。妻子說過，希望可以在家裡安詳的度過剩下的日子，清晨感受投進客廳深處的溫暖陽光，呼吸清新的空氣。可以的話，還想吃我做的離離落落糖醋肉。

那就得先把鼻胃管、注射營養劑的針頭拿掉，才可以吃東西，也可以回家。為了緩解時不時就發作的疼痛，可以吃藥。

妻子一聽到醫生提及做腸造口的事，立刻打斷他的話，直說她不願意。由於說得斬釘截鐵，醫生也不再提起，或許也是判斷不管做不做都無助於病情好轉吧！

但我的立場是贊成做，否則什麼都不能吃，就什麼希望都沒有了，跟活死人沒兩樣，失去享受、幸福與快樂，以及一絲絲希望。如果連希望都沒了，生命將毫無意義。

經過一個星期，妻子慢慢改變了心意，我去拜託醫生動手術，醫生雖說不確定動手術的可能性，但答應會詳細討論一下。

妻子常說想去醫院裡的小公園走走，一有時間，就會用輪椅推她過去。從七樓的「公園」俯瞰，可以看到首爾市。也因為可以看到兒子工作的辦公室，所以常常停留在那裡。去公園回來，為了再到病床上，必須又把各式各樣注射針管和抽吸管等連接起來。

應該是住院醫生吧！告知我們決定動手術了，跟來的護理師將相關資料交給我們，其中有一項令人害怕的狀況，就是手術後也許必須住進加護病房，需要我們確認之後並「同意」。我一邊自我安慰，一邊簽下所有文件。

「不會有事的，手術本來就是這樣，必須先考慮到最壞的狀況罷了。」

那天是星期四，手術就定在下個星期。

手術是星期一上午，不過直到下午一點才開始。一起跟到手術室，我、兒子、妻子和小姨子哭得厲害。手術時間快的話三個小時，最慢需八個小時，結束後如果情況不好，有可能會被移送到加護病房。

未曾有過的傷心害怕，不，應該說是從來沒有這麼悲傷地感受到恐懼。

小姨子擦去眼淚先行上班去了。兒子和我決定去吃點東西，手術至少要到下午四點才會有消息吧？我們什麼都沒說地一致走向醫院外。已經厭倦醫院了，也厭倦醫院裡的餐廳。

附近餐廳意外地星期一大都公休，我們隨便找了個地方簡單吃吃，然後又回到醫院。我躺在妻子原本的病床上想瞇一下，這時消息來了，手術已經結束。看了看時鐘，進開刀房前後還不到一個半小時啊！

這是最糟的狀況，心裡不禁一陣陣刺痛。最大可能性之一是「已經沒有什麼可以做的了，只能把腹部重新再縫合回去」。因為癌細胞已經大幅擴散，不管做什麼處置都沒用，只能把打開的肚子縫合。至少要三個小時以上的手術，最後只以一個半小時完成。

由於全身麻醉，手術後必須不斷刺激妻子深呼吸，不讓她再熟睡下去，因此幾個小時之後我們才聽到有關手術的過程，雖然結果早已很明顯了。妻子清醒第一個問道：

「我在手術室裡多久了？」

我一時答不出話來，只能先沉默，隨即又變成長長的沉默。兒子開口了：

「兩個小時。」

沒辦法說出一個半小時，雖然兩者並沒有太大差異。

「那不就是把肚子打開又直接縫上了嗎？」

妻子隱藏不住眼裡的失望，彷彿也沒有必要努力深呼吸了。乾脆就這樣結束一切吧！妻子的眼神這麼說。

到了面對醫生的時刻，心裡說不出的恐懼。「在全身麻醉之後，把腹部剖開，卻發現什麼都做不了，只好又把腹部縫合回去」，那一瞬間將會多麼的痛苦。妻子對生命已經喪失任何希望了，還有什麼可以挽回的呢？

不料，醫生卻說出完全不一樣的話，我們聽了都感驚訝。

「我們跳過中間堵塞的部分，把小腸跟大腸連接起來了，跟預期的不同，只進行了簡單的手術，沒有必要做造口，雖然還要再觀察，不過只要排氣了，就可以先試著喝些米湯。」

之前看了CT片子，還不能判定是否可以做腸造口的醫生說：「打開肚子一看，發現被堵塞的地方只有一個。」雖然癌細胞擴散到骨頭和肺部，但CT並未完整清楚的照出腹部的狀況，難免造成誤會和錯覺。

總之，真是太高興了，天啊！這不就是最好的結果嗎？只要順利排氣，就表示上下都「通」了，接著可以先從米湯開始，之後如果照顧得宜，也許「什麼」都可以吃了。連離離落落的糖醋肉也行！簡直讓人開心到快飛起來了！

但幸福感也只維持了一下下，我們立即又再緊張，因為聽說「根據病患的狀況」，有人可能等了十天半個月都沒能排氣，最糟糕的甚至有人從此就永遠無法排氣。目前妻子的狀況幾乎可以說到了極限，很有那樣的可能性，我們除了相信她的復原能力外，再也無計可施。等待排氣吧。

那天我陪著妻子，直到隔天晚上兒子來換班，仍沒有一點排氣的跡象。心中感到不安（所以我的血壓才會飆那麼高啊！），但仍一直反覆對妻子說，沒有對策的樂觀是多麼大的美德，光是擁有這點對病情就有效果了。

回到家裡，全身上下沒有一處不痠痛，簡直昏了一樣睡得不省人事，大概足足十二個小時才醒，兒子剛好傳了簡訊來。

「媽媽剛剛放屁了，而且很多>___>」

打了電話過去，妻子的聲音聽起來很有精神。

「醫院說今天開始會給米湯！」

「真是太好了，今天我有課，下了課會盡快過去。」

「你也累了，今天就別來了，早點回家休息吧！」

「不行，明天也有課就更沒辦法去了，等等我去了再說吧！」

拿掉注射營養劑，喝了一天半的米湯。我也嘗了一下，材料應該是好的，但什麼味道都沒有。之後換成很稀的粥，還加上一點小菜，有肉也有魚，都做得比較軟爛容易入口，有時也會出現完全煮熟的豬肉。

一開始看到肉類，妻子一臉嫌惡。醫院提供的食物沒什麼味道，但都會有一種特別的氣味。仔細想想好像也不全然無味，有時會放生薑，也有放大蒜……應該是那樣吧？或許本來就比較敏感的人才感受得到。

說不定將近半年的「強制疏遠」肉類，才是最大的原因吧！蔬食的過程中，短時間內強迫啟動禁食肉類的開關，這跟產生厭食症的理由很相似。但第二天就說想吃無抗生素烤薄切五花肉。

「好想吃無抗生素烤薄切五花肉，只要幾片就好。」

突然這麼沒頭沒尾的說，我一時也不知道該怎麼回答。不是討厭吃豬肉嗎……不過也不是完全不吃啊……還是我記錯了？話說回來，仍然有點擔心。

「不要緊嗎？」

「醫院提供的伙食裡也有腱子肉，所以薄切五花肉應該沒關係吧？而且是無抗生素的豬肉薄片，只要烤熟，什麼調味料都別加就好。」

醫院有交代，如果從院外帶食物給病患，一定要去掉胡椒粉和辛香料，現在還不能吃飯，只能喝粥。醫院的料理似乎總只有最低限度的味道。

住進安寧病房後，我心態上就完全改變了，只要她不痛苦，不，也許不免有點痛苦，但只要還吃得下，「不管想吃什麼」，我都會做給她吃。

為了治療，單從飲食開始就很痛苦，什麼無鹽無糖啊！而且所有動物性

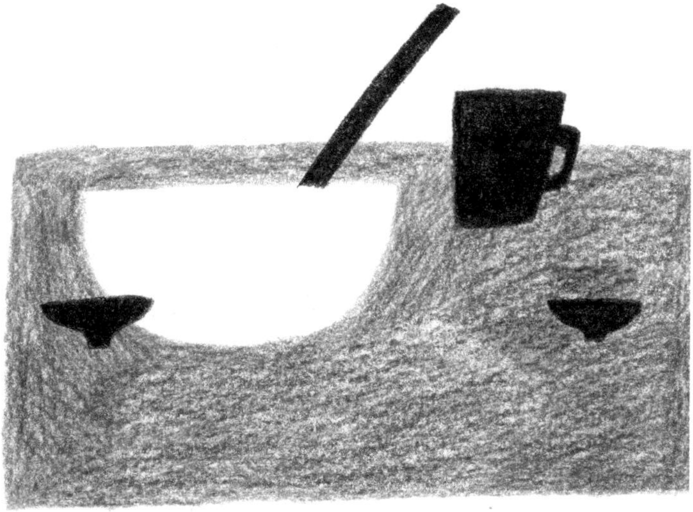

加工品都禁止，沒有什麼能吃的、能吃的也沒什麼味道。為了延續生命，就算只是一點點也得吃下去，那種痛苦實在無法言喻。

就這麼辦吧！回家途中去了一趟生協超市，買了薄切五花肉，再到農協超市買豬腱子肉。妻子說想吃洗過的泡菜燉豬腱子肉（這道菜日後再說），先來準備薄切五花肉吧！

問了好幾次，妻子都說想吃的是烤得很熟的「純粹的薄切五花肉」，意思是希望能享受香噴噴的味道。準備了五片，不加任何調味料，只要好好烤熟就好，是很簡單的事。

另外準備給兒子吃的，加了一點大蒜和泡菜進去。一樣先烤薄切五花肉，烤熟了會有油脂出來，這時再加入滿滿的蒜泥，切一點泡菜混在一起炒。

蒜泥後來才放的理由，是為了和烤熟不烤焦的五花肉一起拌炒，泡菜的比例要適當，才能在香噴噴的味道中，增添泡菜微酸的香辣。

我想了一下該怎麼做，決定撒一點大蒜鹽在薄切五花肉上，烤個十片。相隔大概有六個月了吧！一家人又在一起吃烤豬肉。

妻子吃了兩片薄切五花肉，小心翼翼、津津有味地品嘗，我在一旁像看到什麼新奇般凝望著她。很久沒看她這麼享受吃豬肉的樣子了，也不過兩週前，我心裡淨是她可能再也無法吃我為她做的任何料理了，那種絕望感讓我心痛不已。

兒子說，這是他目前為止吃過最好吃的烤肉。原本以為「太多餘」的飯，卻一點也不剩。看著他們兩個人吃，心裡很滿足，自己都忘了吃。

兒子吃得盡興，我搶走他一個；妻子吃得滿足，我也搶走她一個，不，是妻子沒吃剩下的，我全都吃了。

那天從窗戶照進來的陽光格外耀眼，感覺春意盎然，真是暖和。妻子宛如完全康復了一樣，臉上露出愜意的表情；兒子狼吞虎嚥，說了好幾次「真是太好吃了」。

我們一家人相視而笑，真希望那一刻變成永恆。但無抗生素薄切五花肉的效能很快就消失了，前一日陷入昏迷的恐怖風暴再度狂風般襲來。

超簡單拌飯

涼拌料理很簡單。為了做拌飯，準備蔬菜也不難。把菠菜挑揀一番（根部切成兩等分或四等分，用流動的清水沖洗），再是豆芽……豆芽只要仔細沖洗幾遍就可。

想了想，還是去專賣小菜的鋪子買現成的回來好了。只一、兩個人吃，自己動手做，丟掉的部分恐怕比吃下肚的還多，再加上耗費許多時間，對我這種菜鳥來說。

於是到小菜鋪買了小菜，米只要加水放進電鍋就可以了。在家裡要做的只有再煎兩個蛋、烤幾塊牛五花肉就行。

拌飯要做得好吃，訣竅就在好的芝麻油、紫蘇油、辣椒醬，套上拋棄式塑膠手套，把所有材料放到盆子裡好好拌一拌。

家裡總是備著高湯，料理才能變得「超簡單」，把春節時做好的年糕湯底拿出來解凍、加熱，打個蛋花下去，接著再切一點蔥花即可。

兒子把拌飯用白色碗盛裝得漂漂亮亮，還將三、四張海苔撕成薄片點綴在上面，希望看起來色香味俱全。

我是不管再冷都不喜歡戴手套的人，在手上指紋消失後，在手裂得痛到無法再泡進水裡之後，現在做料理時就會用拋棄式塑膠手套。

拋棄式塑膠手套有很多好處，拌菜時可以用手充分搓揉拌勻。

今天早上兒子和我吃了這道「大概只要十分鐘」做成的拌飯，兒子一起床得準備上班，還要幫為癌症而痛苦的媽媽按摩，而我就在這個空檔幫兒子做飯。至於我吃了什麼就略過不提，跟終日泡在廚房裡的人差不多，各位應該想像得到吧？

無論如何，還是麥茶

喝什麼？這個問題很重要。一個人每天要喝二公升左右的水，但如果胃腸不好，也無法喝足這個量。況且白開水也不是那麼好喝，有時喝了沒事，有時會吐出來。

某一陣子喝白樺茸泡的水，一開始都沒事，有天卻突然對「腸胃」造成負擔，我苦惱著要換什麼好，於是試了牛蒡茶，不過很快就放棄了，因為對心臟太刺激。也曾經泡抹茶粉喝，仍然無法持續。

有什麼是好喝又像藥一樣有療效呢？想過煮玄米茶，卻因為她在手術之後吃不下玄米飯，讓我有點遲疑。或許玄米飯比較不好消化，但玄米茶應該不至於吧？玄米可以提高免疫力、幫助控制血糖，還能消除對血糖高峰的恐懼，對癌症患者非常重要的兩點都具備了。

妻子要我煮麥茶，我心想「麥茶那東西……」，雖然不太情願，但食物畢竟是迎合吃的人的胃口最重要。知道妻子長久以來勉強吃的是「不合體質的玄米雜糧飯」後，我不禁打了個寒顫。看過傳統韓醫，醫生也說了，玄米跟妻子的體質不合，於是我決定做她想吃的。

去生協超市買煮麥茶的大麥，偏偏旁邊擺了玄米，我的手就像自動機械手臂一樣，也拿了一袋放進購物籃裡。是真的，前面也提過，我真的原本並不想那麼做啊！

回到家，先煮麥茶，將水和麥茶裝入茶壺內，用一百度，煮三十分鐘，在旁邊守著，三十分鐘好像有點太久了，大約二十分鐘就把火關了。

麥茶一煮好要立刻把茶渣撈出、丟掉，大麥裡的澱粉質有損麥茶的味道，也正是不能用小火煮太久的原因，而且不能重複煮。

一天會煮個兩、三次麥茶，煮好馬上喝最好，不太適合放著，大概過了兩天，我問妻子：

「只喝麥茶不會膩嗎？有玄米茶，要不要喝？玄米飯不能吃，但玄米茶應該沒關係。」

妻子慢慢回答：

「好吧。」

我踩著愉快的步伐進廚房，把茶壺裡的麥茶倒在其他玻璃瓶裡，再把玄米茶裝進去。玄米茶果然也不需要煮太久，大概二十分鐘左右，煮好後有鍋巴的味道，是會喜歡的味道，我拿給妻子叫她喝喝看，她說「很好」。

第二天，妻子說還是喝麥茶好了，她喝了玄米茶，感覺心窩不太舒服，消化也不好，看來玄米茶也不合她的體質。

看著妻子的臉，想，難道……？她該不會勉強自己喝不喜歡的東西吧？

為了我喝了一整天？

「我還是覺得麥茶比較好。」

「好吧。」

我慢慢地回答，腳步變得有點沉重。到廚房把玄米茶倒到其他玻璃瓶裡，在茶壺裡裝好麥茶，立刻上網搜尋。

麥茶有益減緩胃潰瘍，對血液循環也好（意指高血壓的人喝也很好），不只具有抗氧化作用，還有抗癌的效果，更和其他茶不同的是，不會帶走水分，也就是不影響喝白開水的效果。

心情輕鬆了不少，這時候便想起喝過的麥茶。兒子還是小嬰兒的時候，一生病，妻子就會煮麥茶給他喝。常用的都是有道理的，不能未經確認就加以否定。

休息慶祝儀式，豆芽湯與炒飯

目前還只是個新手，沒有辦法一次做好幾道菜，一次只能做一道菜。從來不曾做三人份或四人份的料理，也不曾做過可以大家一起吃的菜。做妻子可以吃的、做兒子可以吃的，我吃的（還是省略吧），這段時間就是這樣。

這天，妻子住在瑞典的二妹帶著外甥要來，似乎知道一個人照顧病患是不可能的事。

兒子去機場了，我趁這段時間準備做菜。二姨子回韓國，最想吃的就是「豆芽湯」。豆芽湯及涼拌豆芽做法都簡單。

外甥是大學生，年輕人可能不喜歡豆芽湯，兒子也一樣，得想一想兒子和外甥會喜歡吃什麼東西。

大部分「男人」都喜歡吃炒飯，放入大量豬肉和各種蔬菜的炒飯最好，只要再加上好吃的泡菜和好喝的湯，就已經足夠了。湯就用春節時做的年糕湯底，先解凍再加水煮滾，接著放入海鮮及雞蛋就可以了。

飯還有多少？四個人吃可能不太夠，這時在超市買的以備不想煮飯之需的「有機玄米即食飯」就派上用場了。微波只要兩分鐘。如能再買個「感動蛋[14]」來加料會讓人更感動，可惜現在不能出門。

炒飯做起來不難，但同樣花時間、精力，需用到大平底鍋，還要拿著鍋子「晃動」，把飯跟其他材料一起翻炒也是很費力的，尤其三、四個人份，材料的重量也很可觀。

14 譯註：某雞蛋品牌，專賣煮熟的雞蛋。

開始準備炒飯的材料，豬肉切成適當大小，馬鈴薯、胡蘿蔔、紅椒、洋蔥、抱子甘藍、菇類等，都切成適當大小備用。豬肉先略炒過，再放入蒜泥一起炒，然後盛到碗裡。

在炒過豬肉的平底鍋內放入飯，想將結團的部分弄散，可以在上面打一顆蛋。雞蛋會讓一粒粒的米飯，滲入熱及油（引用廚師的說明），飯炒好之後也裝在碗裡。

在炒過飯的平底鍋內，放入準備好的蔬菜充分拌炒。蔬菜留點新鮮的味道比較好，適當的炒熟後，再放入剛才炒好的豬肉混炒，等料都炒得差不多了，就把飯放進去繼續炒。

儘管想著不要做太多，到頭來蔬菜和豬肉的量還是很驚人，感覺像是用配料在炒飯一樣。

對了，寫到這裡文章嫌「誇張」了點，不過文章本就是誇張的，這個故事也只是「一貫」和「選擇」之間的問題，沒有辦法不給人誇張的感覺。至少我家人看到，一定會有這種感覺。雖然我並沒有那樣的意圖。

很神奇，在這樣混亂的情況下，竟想到「話與文章的性格」的理論。

妻子突然喊說肚子痛，我在廚房和臥房之間來來回回奔走，但因為妻子太痛了，趕緊打電話給兒子，問他在哪裡，他說再十分鐘就到了。

豆芽就拿來煮湯、涼拌，切了大蔥放下去，做炒飯的配湯。大致底定，正在苦惱如何減輕妻子的疼痛時，大家都回來了，相互還來不及打招呼，都一齊到妻子身邊「幫忙」，於是我又再回到廚房準備開飯。

幸好妻子的疼痛像暴風，來得快去得也快，大家圍著餐桌坐下，而我又回到妻子身邊，開飯了，真是微妙的一種交換。

外甥直誇我做的炒飯很好吃，二姨子也說豆芽湯很美味，我在妻子身邊聽著家人說好吃。料理就是這樣，再怎麼辛苦，一聽到別人說好吃，什麼辛苦都值得了。

「看大家吃得開心，過程中的辛苦瞬間都消失了。」

我望著妻子說。從剛才突襲的疼痛解脫，她臉上還殘留著淚痕。

「這樣準備客人的飯菜就好。現在起大概有半個月，暫時把一切忘掉，休息一下，處理那些被積壓的工作吧。」

休息一下也好，半個月後又要頭昏腦脹了。

沒胃口，小辣椒咖哩

也會有沒胃口的時候，吃什麼吐什麼；有時候卻又吃得很好。忘了什麼時候開始，連著幾天吃不下任何東西，現在又突然想吃點什麼。只要是妳想吃的，我都做給妳吃。

吃什麼好呢？她想了好一會兒說咖哩似乎不錯。這個簡單。

把豬肉或牛肉切塊，一點點鹽、一點點蒜、一點點胡椒，再用清酒或料理酒調味，把材料混在一起。找胡椒的時候看到抹茶粉，好東西，放一點應該沒關係吧？就撒了一些進去。

馬鈴薯和胡蘿蔔洗乾淨切塊（馬鈴薯大塊、胡蘿蔔小塊），有人說想放南瓜，本來以為家裡有，結果發現並沒有。不過也加了一些蘑菇，蘑菇本身沒什麼味道，不會影響料理，口感也不錯，吃了會變成良藥。只要有機會都可以加，不會造成任何壓力。

「肉」要炒一炒，用奶油風味會很不一樣，但是……猶豫了一下，還是用玄米油炒好了。適當地炒一下，再把胡蘿蔔、馬鈴薯、洋蔥依序下鍋拌炒。料都炒熟了，就倒水進去煮。這時如果加入一小根泰國辣椒，將會帶來深具魅力的辣味。

為了調節水量，必須用微波加熱一馬克杯的水。

等材料都熟了再放入咖哩塊，最近還推出咖哩粉，料理變得更簡單，所以不用擔心。聽說把咖哩塊和咖哩粉混合使用，味道更好……可是還得再出門一趟，就用現成的咖哩塊好了。

調節濃稠度，感覺差不多煮好了就可以收尾。這個步驟，每個人做法都不同，我習慣用牛奶、紫蘇油、雞蛋煮一鍋。當然要好好攪拌均勻，才不會有苦味，也比較順口，如果沒有牛奶，只放雞蛋也有同樣效果。

把咖哩飯端上，但她說好像有點苦，於是又打了一顆雞蛋進去再煮，這是最近這幾天吃最多的，泰國小辣椒讓咖哩的味道更強烈了。

看她吃得津津有味，我也吃了一碗，我今天就只有吃這個，啊！不對，我還喝了咖啡，吃了藥。講到食物肚子就餓了，還沒吃過「感動蛋」，應該要試試，再買個喜歡的司康回來。

真是幸運，她吃完後似乎想睡了，我暫時出門一下應該可以吧！

換了note7[15]，我的指紋成為手機解鎖密碼真是太好了。以前用密碼，隨便設定，很容易被他人猜出來，費心設定，又害自己記不起來。

要設定「好的」密碼並不容易，話雖如此，但對擁有電腦專欄作家頭銜的我來說，也不是完全沒辦法，我所用的方法，即便是了解我的歷史的人要猜中也很困難。

有時候會想分享我用的方法，就像正在寫這篇文章的當口，不過在分享的同時，也等於是洩漏了我的秘密。太荒唐了，即使危急時刻也有這種荒唐的想法……又把話題扯遠了（一旦說起自己熱中的話題就會離題）。

但有一天，我的手機拒絕我的指紋，不管拇指怎麼「好好的」擺上去，螢幕總是顯示「錯誤」，沒辦法只好用圖形解鎖，但還是不懂為什麼我的指紋不能解鎖。當時我完全不知道，廚房活做多了指紋會消失這件事。

從小就很不喜歡戴手套或穿襪子，因為感覺悶。用手做的事，戴上手套就會變得遲鈍，所以我很討厭戴手套。

說到這裡，又想起另一件我討厭的事，那就是理髮。我討厭什麼都不想就那樣呆呆坐在椅子上，但也有人說那是昏昏欲睡的絕妙時間。我喜歡神智清醒的時候，年輕的時候甚至「非常」討厭睡覺，因為無法忍受失去知覺。

再怎麼冷的冬天，我都是光著手光著腳，當兵時是怎麼過的……？我沒什麼印象了，記得酷寒訓練時，才勉強戴上手套，可以的話，能不戴就不戴。

進廚房之後，我也沒戴過塑膠手套，因此指紋消失了，手也開始會裂、

15 譯註：韓國三星公司推出的智慧型手機品牌。

會痛。原本皮膚就很弱，像打網球，一個月沒打，就必須趕快恢復，務必練到長繭為止。當兵時，休了十五天假回到部隊，再度穿上軍靴，腳踝及腳的皮都磨破了，經常得忍著痛繼續出操。

但廚房的事還是得做……有一天妻子說了：

「做涼拌菜不要直接用手拌，戴上拋棄式手套吧！」

重點有二個，像辣椒粉、蒜泥等刺激性調味醬料，直接用手接觸，會讓手已經裂開的皮膚更痛；還有拋棄式手套比較衛生。想到自己的手，我充分同意以上兩個理由。

「用手剝了青陽辣椒再揉眼睛，幾乎必死無疑啊……」

現在不管洋蔥或青陽辣椒都不會讓我流淚了，已經逐漸習慣，之前總是伴隨著眼淚與噴嚏，不過使用胡椒粉或辣椒粉時還是會打噴嚏，是因為過敏嗎？

指紋消失了，皮膚也皹裂疼痛，實在很難受，於是開始使用拋棄式手套，果然好多了。準備食材的時候也很輕鬆（不用一直洗手），用熱水洗碗時更是方便，做涼拌小菜也是。

大概用完一疊拋棄式手套之後，手機又再次接受了我的指紋，皮膚裂開的地方也比較不痛了。

對於主張絕對不用一次性用品的人來說，那些便利器材是要克服的對象，不是要拋棄，所以總會想辦法用個三、四次再丟棄。

若要時時保持廚房乾淨，工作可就沒完沒了，因為人要不停吃喝才能活下去啊！

雖然牛肉蘿蔔湯很好吃

在生協超市買了兩盒無抗生素、「一等以上」的韓牛，無農藥蘿蔔一條。一等，就是第一名，那一等以上是什麼意思？看了看說明，一等以上指的是百分之八十以上的意思，真是奧妙又難解。

在家做菜不放糖，所以味道很清淡，吃起來無味，也是不曾漏掉加入青陽辣椒或泰國小辣椒的理由。到處都有像甘草一般的青陽辣椒，想到這裡決定加一條青陽辣椒。

把湯料浸泡在冷水裡，五分鐘，去除血水。這個空檔把蘿蔔切成薄片，拿出鑄鐵鍋放在爐子上，打開爐火加熱，順便加入兩勺芝麻油。將牛肉放下去炒，不用多久，剩餘血水就會消失，這時把切好的蘿蔔放下去，稍微炒到變色，再倒入適量的水繼續煮。

這時要把看了很礙眼的灰色泡沫撈起來，讓湯變得乾淨透亮。起初感覺好像會把牛肉也去掉，所以沒撈，後來才知道那並不是肉，是雜質，所以現在會動手撈了。

大概煮十分鐘，試一下湯頭的味道，「不知為什麼」淡而無味，沒有那種用牛肉熬煮過的深厚。是牛肉放太少了嗎？不會吧，我放了一整袋。

暫時把爐火關掉，上網搜尋，有人說可以放一些昆布下去再煮一會兒。果然比較像一回事了，於是把昆布撈出來。

接下來要調味了，久釀的韓式醬酒一點點、鹽少許、大量的蒜泥、生薑粉少許……牛肉湯便完成了。

湯碗先溫過，舀湯，在上面撒一些蔥花點綴，先嘗嘗味道吧！並非完全沒味道，不過總覺得少了百分之二。我自己吃也是一樣的感覺。

啊！對了，剛才只顧著救回湯頭的味道，竟然把青陽辣椒給忘了。迅速切了青陽辣椒，一陣辣味襲來，整根恐怕太辣，還是放半根就好了。

妻子將牛肉蘿蔔湯搭配粥一起吃，這樣比較好。兒子也說很好吃，我也弄了飯捲吃。最近雖然會吃，但沒什麼胃口，卻老是覺得肚子餓，多吃點好了，至少可以緩解飢餓。

又想來斷食，從十九歲開始，每年會有一次斷食，但已經好幾年沒這麼做了，斷食之後就算不吃也不會覺得肚子餓，有益身體健康。斷食期間雖然氣力會弱一點，結束之後，反而會變得比以前更強。

泡麵 VS. 鰹魚烏龍麵

我本來就喜歡吃麵，所以常煮泡麵來吃。比起味道，主要是因為方便。長久吃下來，漸漸也有了感情。

泡麵的歷史從中國的拉麵[16]開始，至少名稱是這樣的。查了百科字典，拉麵源自中國西北部，以蘭州牛肉拉麵最負盛名。當地清真餐館以牛肉或羊肉為湯底，加入炒過的黃瓜絲等蔬菜，不過在那裡是不會有豬肉的。

後來拉麵傳到了日本，明治維新之後，中國人帶到日本販售，以雞骨、

16 譯註：拉麵，或稱手拉麵、抻麵，做法是將揉好的麵團拉長、摺疊、再拉長，反覆若干次，直到麵條夠細為止。這種做法起源於中國西北，可以追溯到明朝。後來東傳到日本成了日本拉麵。現在提到「拉麵」，反而對日本拉麵印象較深刻。（參考自「維基百科」）

豬骨、銀魚、鰹魚等熬煮湯頭，加入名為「中華麵」的麵條，日本人則稱為拉麵。

日本戰敗，物資短缺，似乎也成為從美國引進救濟食品「麵粉」的國度。一位名叫安藤茂的日本人，用麵粉研發出價格便宜的泡麵，以減少飢民的數量。

這算是最早使用油來炸麵的技術，當然也賺了不少錢，但是比起錢，安藤更重視人，並未獨占製作技術，不管是誰（？）都樂於傳授。

日本在一九五八年生產泡麵，一九七一年開始出現杯麵，跟我同一個世代。後來韓國三養拉麵向日本學習技術，一九六三年也用救濟的麵粉開始製作泡麵。起初免不了一番苦戰，韓國人對「麵粉的味道」未完全接受，不過並未持續太久，廠商在調味包裡加入辣椒粉，讓湯頭變得鹹一點，加上受到政府推動「混粉食獎勵政策」[17]的幫助，泡麵很快地便在國民食品中占有一席之地。

我就是從那個時候開始吃泡麵的，一九八九年爆發三養食品公司以工業用脂肪製作泡麵醬料包事件後，泡麵市場被區隔開，出現了高級化、多樣化的泡麵，成為更美味的食品，任何人都可以輕鬆煮來吃，現在一年有一億包的銷售量。

想煮好吃的泡麵，就要用好的湯底，不對，應該說不管是什麼料理，要做得好吃，都必須有好的材料。

湯頭更是如此。用銀魚、香菇、大蔥根、昆布、生薑一起熬煮成湯底，可以分成一袋袋，冷凍起來分批使用，很方便。年糕湯的湯底，通常也會做

17 譯註：一九七〇年代韓國政府推動「混粉食獎勵運動」（혼분식장려운동），鼓勵老百姓每天一到二餐吃麵條來代替米食。

很多，拿來用也很好。如果都沒有，可以到店裡買現成的牛骨湯，生協超市也有賣。

泡麵煮三分鐘，麵條最好吃，我還會放年糕下去，因為喜歡吃年糕麵，站著守著等到「喜歡的程度」才行。因為已經有經驗了，所以光是用看的就知道好了沒，當然，還要在適當的時間點打顆蛋下去，最後把大蔥花華麗的點綴在上頭，雖然說我個人比較喜歡青蔥。

二月，在醫院度過的時間很多，沒有什麼食欲，就算肚子餓吃東西也無法好好享受。雖然醫院裡也賣很多吃的，但相較於昂貴的價格，那種味道實在是不合理，只是去醫院外頭吃，一來沒時間，二來又遠。

到便利商店，看到「白種元家」[18]便當，拿起牛五花定食斟酌很久，沒關係吧？從沒在便利商店買便當吃過。

配菜除了有雞蛋捲和小火腿外，還有炸蔬菜火腿和雞胸肉、奶油義大利麵……還有可以解膩的蒜苗。確認一下食材的原產地，這是最後一關，意外的大部分都來自韓國本地食材，結帳吧！

話說回來，牛五花肉是什麼味道？牛胸肉的美味和牛腩的勁道很登對，據說是用有炭火香的特製醬料調理，的確美味，不過不知道是否應該就是那個味道。

那天好像特別餓，一個便當不夠，又到隔壁買了鰹魚烏龍麵。想起小時候會在小吃店裡吃泡麵和紫菜飯捲，所以決定買碗鰹魚烏龍麵。

好笑的是，鰹魚烏龍麵的材料來自世界各地，儘管如此，卻毫不影響買一點的意願。呵！鰹魚烏龍麵要好吃，就得再加一顆「感動蛋」的感動。就

18 譯註：白種元（韓文：백종원），韓國餐飲專家，在韓國有三十多個外食品牌，並經營有一千四百多間餐廳，成功跨足中國、美國、日本、新加坡、印尼、馬來西亞、菲律賓與越南，將韓國飲食推廣至海外。

這樣，在便利店花了九千韓元。

鰹魚烏龍麵加水放進微波爐，「加熱前」把便當附的海苔撕了放上面，再加一顆感動蛋。煮熟的雞蛋，吃的時候要切一半，和著湯一起吃。好吃得像得到安慰。啊！當然每個人的口味略有不同。

在家煮鰹魚烏龍麵，可就不只放海苔了，還會放魚板、蒜末、蔥花、柴魚片。

如果沒有感動蛋，自己做水煮蛋就可以了。很簡單，在鍋子裡加水，從冰箱拿出雞蛋直接放進去，用大火煮八、九分鐘即可。妻子每次都吃得很香。

我很少這樣吃。昨天晚上十點多，回家路上，在便利商店買了「白種元家」的牛五花便當跟鰹魚烏龍麵回家，屋裡靜悄悄的，那種寂寞讓人無法抵抗，全身筋疲力盡。

星期一清晨五點就起床，然後出門上課，一整天都有課。一回到家，就把所有東西放下，回到房間倒頭睡到不省人事，什麼都沒吃，連該吃的藥也沒吃。

早上起床一邊煮咖啡，一邊把昨晚買回來的東西放進冰箱。也許哪天肚子餓得受不了了，就會吃吧！

趁老婆睡著，炒烏龍麵

為在醫院看護而辛勞的二姨子及外甥做晚餐，我說要做炒烏龍麵，兩人歪著頭有點茫然，似乎在想會是什麼形式、什麼口味的烏龍麵。也許懷疑著：「像日式炒麵那種料理也會做嗎？」於是他們還是先委婉地推辭了。

「那很辛苦吧？還是去忙您的事，或者休息吧！」二姨子自告奮勇說要準備晚餐。

「其實很簡單，而且還不錯吃。」

於是我把二姨子從廚房裡請出去。

主要材料是圃美多[19]烏龍麵四人份（其實只有三個人），要做得好吃，還要加入雞胸肉、洋蔥，高麗菜要放多一點，再炒一炒即可。馬鈴薯、蘑菇、南瓜、甜椒等各類蔬菜也可以加進去。

沒有雞肉，就用豬裡脊肉，但是量不夠，於是把冷凍庫裡的「宮廷烤肉」也拿了出來。這是用「國產無抗生素豬肉及蔬菜、蜂蜜、水果」等材料做成的。肉及馬鈴薯、洋蔥等切適當大小，高麗菜細細切成絲。

在平底鍋裡倒一些油，再放大蒜用小火炒，等大蒜開始變白時就放入肉，用大火一起翻炒，接著再把馬鈴薯、洋蔥及高麗菜放進去。

一邊將麵裡附的蔬菜羹調料和烏龍麵加一點水煮熟，再倒入所附的「照燒醬」，用大火煮。突然想到加個番茄似乎也不錯，高麗菜量不夠多，加一些熟透了、甜甜的番茄調味也很好，於是便挑了顆大的，洗乾淨切塊放下去。

19 譯註：圃美多Pulmuone，是韓國知名食品品牌，主推非油炸泡麵。

散發美味香氣了，再把附的「風味油」倒進去攪拌，再撒上蔥花，這時可以把爐火關掉了。

迅速從泡菜桶拿出泡菜，漂漂亮亮的擺好，把平底鍋放到餐桌上，按照人數擺好餐具。

二姨子原本說沒有胃口，但吃了一碗。外甥則是吃得津津有味，甚至快吃完時，被我瞄到眼中閃過一絲意猶未盡。

「要不要吃炒飯？」

「不要太多，一點就好了。」

他沒有推辭。

「很好吃的，等一下。」

平底鍋裡還留有一些炒烏龍麵的湯汁，放一些海苔下去和飯一起炒，看起來會很好。於是放了一碗飯進去，再拿了三片海苔撕了放上去，淋上芝麻油用大火翻炒均勻。炒得差不多了，待水分消失之前稍微把飯壓一壓，再盛裝起來，這時鍋底就有鍋巴了。

「這麼簡單又好吃的東西，真不知道為什麼沒人帶去歐洲賣啊？」

這是二姨子的反應。

「姨丈的炒飯好像炒得特別好吃呢！」

這是外甥的反應。

「沒錯，比起炒烏龍麵，還是炒飯比較好吃。」

二姨子又補充說。

看看餐桌上的碗，就跟缽盂供養一樣乾乾淨淨，我也覺得飽了，真是久違了。

妻子已經入睡。

活在當下、及時行樂，海參羹

妻子在找消化劑，我帶了 NORZYME 膠囊和 Motilitone 錠，不知道為什麼常常聽到 NORZYME，不過這個藥健保未給付，所以有點貴，雖然金額不是很大，但一朝被蛇咬，十年怕井繩，不知何時開始，舉凡「非健保」心裡就會受重擊。但對妻子來說，這種藥很有效，吃了可以睡得很好。

早上起床，先去看浸泡在水裡的海參，是四、五倍還是五、六倍……變得好大了。摸起來很軟很軟，把最軟的拿出來分成兩半，軟乎乎的，內臟也很容易分離出來。要做海參羹或醋溜三絲都可以了。

妻子狀況很不錯，前些日子都吃不下，今天似乎還可以，看起來也很期待我為她做的海參料理，讓我有一點壓力，因為是第一次做……不過倒是吃過。

參考過好幾個食譜，在腦海中也畫了藍圖。材料決定了，木耳，家裡還有乾香菇，再去買個金針菇回來即可。重要的是小白菜，它能壓住油膩，增添簡潔的口感，是調和味道的決定性角色，必須好好處理。

把紅椒切成絲，再把抱子甘藍解凍，這些都能成為良藥，我正在讓藥變得好吃，有一點得意，天啊！得意什麼啊！

中國料理在炒之前，需要先切好大蔥、大蒜和生薑，確定家裡有沒有生薑、太白粉，幸好都有。要不要也放點蝦肉呢？本來以為冷凍庫裡還有，但怎麼也找不到。於是去買了蝦肉跟小白菜、金針菇回來。再準備一根青陽辣椒、一瓶有機農牛奶。

開始。

材料都先炒過，另外準備湯底。用三、四片昆布，加在肉湯裡煮，趁此準備其他材料。

大蔥切段，青陽辣椒切細，泰國小辣椒乾切細，大蒜和生薑則切片。

在比較深的平底鍋裡倒少許油，把準備好的大蔥、大蒜、生薑和青陽辣椒、泰國小辣椒放進去，用小火炒，不一會兒就會飄出香味了。

在炒過的油裡放入紅椒及抱子甘藍，接下來將泡過水的香菇和木耳瀝乾放進鍋裡。蘑菇先切掉根部再對切成兩半，最後把蝦肉和泡水脹大的五條海參切段，不要太大也不要太小，切好放入鍋中。

煮了一段時間，就可以小心的倒進用昆布煮過的湯，加少許蠔油調味，接著再用預先調好的太白粉水調整濃稠度。

用大火很快就完成了，趁還有水氣關火即可。

這道菜可以用燙過的小白菜葉包起來吃，燙菜時，水裡加一點點鹽，一點點食用油，滾一分鐘左右就可以了，兩分鐘也沒關係，燙太久則會軟爛，也會失去原本的風味，所以還是要留意時間，適度燙好就可以撈起來了。

用白色的盤子先放好小白菜，中間擺上海參。想像一下，白淨的碟子，上面有綠色的小白菜，中間是海參，畫面應該還不錯吧！

家裡不少人，由於量沒有掌握好，結果無法「分食」，還是先給正在等待的病人吃，畢竟還有五條海參沒下鍋，其他材料也都準備好，只要再煮一次很快就可以吃了。

把蘿蔔泡菜和海參放在托盤上。最近做好菜，不用試味道就直接端去給她吃了，怎麼說呢？應該是有了點自信吧！什麼時候開始的？但隨即又緊張了起來，好吃嗎？還可以嗎？仔細看著她吃，

「天啊！真是太好吃了！」

這句話讓我放下心了，妻子用小白菜包著海參吃，叫我也一起吃。我也

很好奇，自己所做的東西是什麼味道……好吃！所有人也都嘗過了，我又走進廚房準備再煮一盤。

妻子都吃光了，好久沒這樣「狂吃」了，真難得，她笑著說。但我又有些不安，會不會消化不良？趕緊拿了幫助消化的藥給她，還有暖暖的麥茶。

再回到廚房為其他人煮一盤，做好之後擺上餐桌，家裡一片安靜，妻子睡著了，帶著久違的飽足感。

至於我，還不是休息的時候。要讓乾海參成為可以吃的狀態，需要「很長的時間」，這是關鍵所在。於是我把家裡所有乾海參拿出來，先泡水再說。

大家圍著餐桌。想想這不是醋溜三絲，叫海參羹應該不為過吧？「總之很好吃！」這樣平靜祥和的時刻，彷彿妻子痊癒了一樣，雖然主治醫生說那是不可能的，但還是無法就這樣放棄希望，不管怎麼說，享受「當下」才是最重要的，這就是人生，carpe diem。

買哈密瓜的路上

原本說肚子痛，現在似乎好一點了。最近常刮起這樣的小風暴，突然發作然後又很快消失。經常想吐，這種時候就要找水果，水果對改善嘔吐很有效，最近主要的水果是芒果和哈密瓜。

芒果和哈密瓜買回家後，再擺個一、兩天會更美味。

剛開始有點擔心，因為甜度高的東西容易使血糖飆升，癌症患者尤其要特別小心，不過後來觀察，還好血糖指數屬於較低的，五十以下，大概四十九左右。

有什麼營養成分呢？上網搜尋「芒果功效」，據說裡面含有豐富的β_1胡蘿蔔素，具抗氧化作用（可以減緩老化），那麼也一定有抗癌效果了。雖然很甜，但是熱量並不高，是好吃又有益健康的水果。

哈密瓜又如何呢？富含豐富的鉀，有助於排出鈉來降低血壓，也意味著有益於抑制癌細胞。當然也有豐富的β_1胡蘿蔔素，還有可以改善血液循環的腺苷（adenosine）。哈密瓜對抗癌也有幫助，非常好。

帶著輕鬆的心情準備出門，決定買小的芒果六個，一個大哈密瓜，這時，妻子問：「你回來了？」

「我現在才要出去……」

「我以為你剛才就出去了。」

「我剛才上網搜尋芒果和哈密瓜的『功效』，所以花了一點時間，內容都先整理下來了。」

「早就確認過了……」

「啊！原來如此。」

「再買一些草莓。」

等電梯時，順便上網搜尋「草莓的功效」，很意外的維他命C是檸檬的兩倍、蘋果的十倍。也有人說對增強免疫力很有幫助，並有豐富的抗氧化花青素，換句話說，就是具有抗癌的功效。錳、銅、鐵、鉀等成分有助於生產紅血球。還有植物性纖維素，可以幫助腸胃蠕動，是不管什麼病都需要的成分。

妻子無法任意攝取維他命C，比如橘子，她吃了就會吐，倒是草莓經常吃，最近主要就只吃這些水果……奇異果對降低血糖有用，同時也有豐富的維他命C，跟這些水果有類似的功效。奇異果家裡還有。

這些水果都是好吃的藥，充分了解之後也成了一種安慰，否則只知道個大概反而令人害怕。

做飯的人也要吃飯

為自己做的雜菜飯

也許這是下廚之後，第一次幫自己做飯。

早上為了妻子和兒子，做了稍微不一樣的海參羹，妻子的，放了滿滿的大蒜、一根青陽辣椒、一根泰國小辣椒，材料全都切碎了。太白粉也只放了一點點，海參與鮑魚，全都切成薄片。

給兒子吃的，裡面放了很多牛肉，因為海參和鮑魚沒那麼多，稀稀疏疏的。太白粉像在中國餐廳看到的那樣，稠稠的，調味也弄得比較鹹。

我吃了一點兒子的，就沒再吃其他東西了，到了晚上肚子餓，但連泡麵都沒有想吃的欲望，就這樣算了吧？

小時候，常常自己出去隨便吃，不記得原因了，為什麼會自己一個人去小吃店或中餐館吃飯呢？並沒有什麼悲傷的回憶，只不過對別人時不時投射過來的眼光感到有些壓力罷了。

去中餐館我大都點雜菜飯，自己煮泡麵也會加粉絲進去。自己一個人住時，主要都吃泡麵加粉絲和年糕。十年前的事了。回憶如潮水湧上心頭，那就做雜菜飯吧！

首先為了讓硬邦邦的粉絲變得服服貼貼，必須先煮肉湯。將昆布、乾香菇、冬白蝦、大蔥放入，煮二十分鐘。

開始準備雜菜配料，牛肉切成絲作為底料，胡蘿蔔、南瓜、甜椒黃紅各一個，抱子甘藍五顆、木耳少許、金針菇也準備少許。

爐火熄了，二十分鐘就這麼流逝了。把肉湯中的料全都撈起來，再把粉絲放下去，必須讓它充分發脹，炒雜菜的時候，粉絲才能吸飽肉湯。

大顆大蒜三、四顆切片，大蔥、青陽辣椒、泰國小辣椒都切碎，在平底鍋淋一點油，將這些都放進鍋裡，用小火炒一下，再把牛肉放下去。接下來把事先準備好的蔬菜一次倒進去，用大火快炒。

需要一邊晃動平底鍋一邊翻炒，直到所有材料都充分混合均勻。

接著是浸滿肉湯的粉絲，先用篩網把粉絲瀝乾。剩餘的肉湯底等一會兒可以做成湯，把剛才炒的蔬菜拿一些放進湯裡熬煮並調味，可以再打顆蛋，切點大蔥下去即可。

在平底鍋中放入蒜片、蔥花，倒些芝麻油下去，再放適量的有機豆醬油和少許有機寡糖，以小火讓材料充分混合，接著把粉絲放進去翻炒。

等粉絲炒得差不多了，把剛才炒好的蔬菜和肉放進去一起拌炒。

我吃得津津有味，腦中浮現小時候自己一個人在中餐館吃飯的畫面，佐以醃黃蘿蔔片、洋蔥和甜麵醬。

這會比煮泡麵麻煩吧？其實也不至於，雖然放了許多材料，過程比較複雜，但廚房仍可以輕鬆收拾乾淨，換成之前每做完一道菜，廚房就變得跟剛廝殺過的戰場一樣，不管是煮泡麵或雜菜飯，廚房的風景還是一如往昔。

烤薄片五花肉蓋飯，站著吃也美味

很難得有機會可以一個人慢慢地、好好地吃一頓飯，大部分時候都站著草草充飢了事。

之前突然煮了速食麵吃，水倒得滿滿的，煮沸後放入調味料、一小把粉絲、泡麵、年糕一起煮，接著在適當的時機打一顆蛋進去。配菜就用泡菜，有時也會有炒花生或梅子醬菜，不過還沒做過放大蔥絲進去「那種事」（指不動刀）。

最近一個人吃飯也會動刀和砧板，煮個烤薄片五花肉蓋飯來吃。

蒜片切厚一點，大蔥切絲，不一定非要切得很細不可。還用了在超市買的現成蔥絲，因為個人比較喜歡青蔥，所以滿滿的切好放著。

把平底鍋放上爐子，從冷凍室裡拿出六、七片薄片五花肉出來，用小火煎熟，等到油脂出來差不多就熟了，先把肉盛起來，剩下的油倒掉。

用平底鍋裡殘餘的一點油，放入蒜片、大蔥，翻炒一下，倒入適量的萬能醬油[20]和寡糖再炒一會兒，然後放入五花肉拌炒到爛熟。這時可以把半顆番茄（如果用小番茄大約五、六顆）放入。很快就可以起鍋了，前後大概只需要五到十分鐘。

把熱騰騰的飯盛裝在大碗裡，放一些酪梨還有切碎的洋蔥，撒少許鹽、少許芝麻油，接著像拌飯一樣混合均勻，把剛才做好的「新鮮番茄與蔥蒜拌炒五花肉」放在上面即可。

幸好還有好吃的泡菜。

站著準備、料理到吃，大概花了半小時。平和的家裡一片寂靜，無比陌生，猛然吃完像逃命似的逃出家門。直到現在還是害怕寂靜，感覺好像會突然彈出什麼驚心動魄的聲響。

20 譯註：萬能醬油最初是由韓國名廚白種元推出，因為適用各種醬油料理，因此稱為萬能醬油。

幸運地找到一位很好的看護，雖然才來沒幾天，但是感覺值得信賴，真是令人感恩的緣分，讓我快喘不過氣的日子得以有所紓解。

妻子今天什麼都吃不下，只是一直吐。全身疼痛，而鎮痛劑也只能提供一點幫助。劇烈的疼痛不停地反反覆覆發作，幾乎沒有辦法維持正常平穩的精神狀態。妻子提出要求，不想在安寧病房離世，希望能在家裡安安靜靜的走。就照她的心願吧，隨時陪在她身邊，她想做什麼都盡力幫她完成，就算是痛到受不了而哭，也陪她一起哭。

妻子現在已經用不到車了，要我把車賣掉。她已經一年沒辦法開車了，但還是不捨，所以一直放著。我把車子放在二手車拍賣網站上，很快就有不少經銷商來聯絡。

有個經銷商來看車，我把車鑰匙給他，讓他慢慢檢查車子，回頭再報價給我就好。趁空檔騎了腳踏車到附近買東西。突然看護打電話來，說妻子什麼都吃不下，想說喝點米湯也好，問我家裡的白米放在哪裡。

我跟她說了，順便也買個濃湯回去。奶油蘑菇濃湯、奶油南瓜濃湯、奶油花椰菜濃湯，因為不知道想吃哪個，就每一種各買一份。心裡有點著急，得趕緊跟經銷商談完事情快點回家才行。

可能因為心裡急，所以說話有點「無禮」，年輕的經銷商動怒了。整理對話如下：

第一，為什麼叫我大叔？「那不然要叫什麼？」叫先生就很好啊！「對不起，我不知道。」

第二，我不想聽他如何定價，而一味地要他直接報價就好，這也不是禮

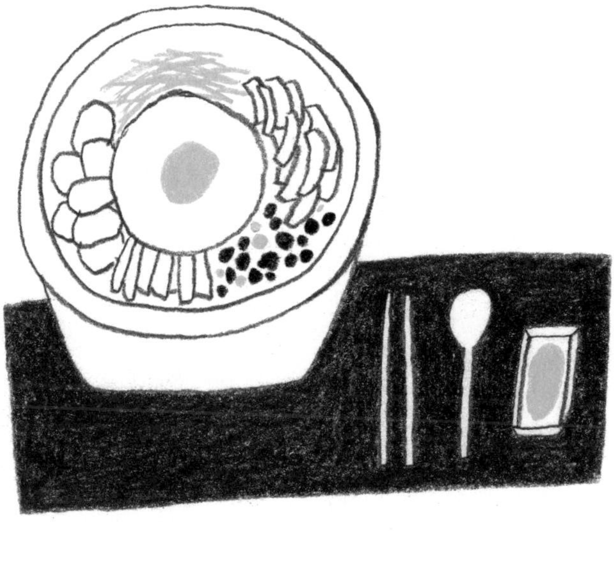

貌的行為。「對不起，因為我還有急事。」

第三，下次請不要再這樣了，「是，那可以請您盡快告訴我嗎？我太太生了重病在家裡，我得趕快帶東西回去給她吃。」這才把價錢告訴我。

其實整個過程並沒有很長，但狠狠地被訓了一頓。人家大老遠前來看車，我應該要有禮貌才對。說了好幾次對不起，回到家裡把奶油花椰菜濃湯拿出來加熱。她吃了一點，沒有吐，總算鬆了一口氣。

回到房間工作，仍未忘記經銷商先生的訓斥，其實很好的，年輕人受到不當對待當然要抗議，要有那種氣概才行。

但是我一點都不想把車子賣給這位經銷商先生，他提出的買價太低了，低到我想乾脆不要賣算了，那個金額一點意義也沒有。就在這麼想時，經銷商先生傳簡訊來了。

「決定好之後，請您盡快跟我聯絡。」

我回訊息給他，

「是，我不賣了，不好意思。」

我也覺得很抱歉。也許只有了解我心情的人才會理解，那個年輕經銷商先生是不會了解的。

海鮮鍋巴湯

得耐心等才行，要兩天左右。向中餐廳訂了鍋巴，但鍋巴送來的時候，妻子已經什麼都吃不下了，只要一吃就吐，濃湯稍微可以喝一點。

那天早上起床後，出門去買蘑菇，想做個奶油蘑菇濃湯，電話來了，問我鍋巴到了沒，今天感覺好像可以喝點鍋巴湯。

我急忙回家準備，鍋巴正好這天送來。

鍋巴湯「有一點」複雜，簡單概略說明如下。

鍋巴湯的核心是鍋巴，我買了用糯米做成的中式鍋巴，過個油稍微炸一下就行了（當然糯米鍋巴也可以在家自己做），再把「湯」淋上即可，湯是由炒過的蔬菜和海鮮，加入太白粉水煮成，倒過來也行，把鍋巴放入湯裡吃一樣的意思。

料理的步驟如下：

一、用熱油炸鍋巴。二、準備好蔬菜，將小白菜和花椰菜燙過切好備用。三、準備海鮮。四、製作太白粉水，這裡使用燙過小白菜的水。

在小鍋內倒入油，量大約是可以覆蓋鍋巴的程度，開爐火加熱。可以的話，油盡量少，因為用過一次十之八九會倒掉，要小心的是油不要濺到水，不然會亂成一團。

油的溫度升高後，將鍋巴掰成一塊塊放入，很快就熟了。透明灰色的鍋巴，不久就會膨脹變成白色，這時趕快撈起來，不然很快就會變焦了。

蔬菜有小白菜、花椰菜、香菇就足夠了，如果覺得不夠，還可以切一些胡蘿蔔或是紅椒放進去，海鮮則有魷魚、蝦子、海參。

小白菜和花椰菜先燙過較好。在鍋子裡裝水，加一點鹽和少許油，水滾了之後，把小白菜和花椰菜放進去，蓋上鍋蓋煮大概兩分鐘。再把小白菜和花椰菜撈起來放進盤子裡，待水氣散去，冷卻後切成適當大小。

準備海鮮略花時間，要先將魷魚和海參解凍，把魷魚皮去掉（如果是我自己吃就算了，麻煩）；海參則切開，並把肚子裡的內臟清除乾淨。魷魚用刀劃十字再切塊，海參可以切大塊一點，蝦子泡水解凍後，用篩網將蝦子撈起瀝乾。

鍋巴湯要加較多的水來煮，用剛才燙過小白菜和花椰菜的水再加清水一起煮，放入適量太白粉水。

中華料理一開始大同小異，五、六顆大蒜和生薑切片，大蔥和青陽辣椒切細，放入平底鍋裡以油小火爆香，這時可以加入少許蠔油和寡糖。

將準備好的蔬菜放入，大火快炒，再加入海鮮一起拌炒。可以加一點料理用酒，清酒或燒酒也可以，以去掉海鮮的腥味。當魷魚捲起來時，加入太白粉水一起煮，大概三分鐘？五分鐘？看著就會知道差不多了。

把湯倒入碗裡，放進幾個剛才炸好的鍋巴，讓鍋巴充分吸收湯汁後即可品嘗了。

做菜時，材料總是會準備得多一點，這個用一點、那個用一點……每個都加一點，結果就變成很多了，一開始是為了做給一個人吃，最後往往會做出二、三人吃的分量。

今天也一樣，妻子、看護和我都吃了。大家都吃得精光，兒子因為提早上班去所以沒吃到。材料還有剩，下場大概就是成為炒飯或是拌飯了。

香氣四溢的大醬湯與木耳炒海鮮

去年這個時候，每天都去爬山。「每天爬山」是三月初決定的，接下來一個半月每天都沒有遺漏，當時是想也許爬山有助病情好轉，於是每天爬海拔四百七十公尺的摩尼山。

但對不習慣爬山的我來說，上山實在痛苦，上坡路前還沒起步，下腹部就先痛了，一緊張原本沒有的尿意都來了，看來身體和心靈都很畏懼爬山。忍著腿都快斷的痛苦上山，不知不覺肚子不痛了，全身汗如雨下。

妻子也肚子痛，但和我的原因不一樣。對她來說，走路本身就很痛苦。忍受著痛苦爬上山頂（正常），心裡會有說不出的激動。對正常（山頂）感到害怕，不也是一種懼高症嗎？

站在又高又開闊的空間，感慨和恐懼會一併襲來，面對病情好轉的期待和未知的結局，百感交集。下山時，多麼的幸福，即使同樣流了很多汗和痛苦，感覺病好像也好多了。

但，已是現在想都不敢想的夢了。

今天看護休息，早上起床看到妻子正坐在客廳裡看電視，嚇了一跳。

「還好嗎？」

「還好。」

妻子笑著說。

癌症實在是令人捉摸不定、無法言喻的病，用有毒性的鎮痛劑緩解，勉強撐住，好繼續過日子，突然有一天，原本占據天空的烏雲散去，一片晴朗。雖然這樣的日子正越來越少。

我先做了草莓汁，之前有人說過，草莓汁永遠是對的，邊榨汁我也邊吃了兩顆，從來不曾這樣，為無法好好吃東西的人下廚，我一向沒想過自己要吃什麼。

「差不多該吃飯了，想吃什麼？」

「清新爽口的大醬湯和飯。」

她說應該可以吃飯，不用煮粥。

「配菜呢？」

「木耳炒海參，要放很多大蒜。」

為了煮出清新爽口的大醬湯，首先要有「清新的大醬」和艾草，但家裡只有五年熟成的「濃郁大醬」，味道太重了，得另外買才行，順便再買些需要補充的材料吧！

到附近的「綠色農場」，正好在舉行最能激發購買欲的買一送一活動，二萬五千韓元的綜合堅果買一送一，買了才發現體積太大了，店員說可以幫忙配送到府，我可以先回家，連同其他東西待會兒很快就送來了。

在等待的同時先做湯底，用銀魚、大蔥根、乾香菇、昆布一起煮。洋蔥切成薄片，青陽辣椒也先切碎。海參解凍後和木耳浸在水裡。但買的東西還沒送來。

我在書桌前看書，但根本看不進去，已經一個小時了。覺得奇怪，於是打電話問。對方說已經放在大門口，而且也有按門鈴啊！但門口什麼都沒有。正好店員又打電話來，原來是放到隔壁鄰居的門前，找到了。

得快點才行。在剛才煮好的湯底裡加入洋蔥、馬鈴薯、南瓜、豆腐、青陽辣椒，再繼續煮，等到差不多都熟了，就把艾草和大醬放進去，湯不能太濃稠，所以煮一會兒就關火。蓋上鍋蓋，大醬湯不要煮太久，一會兒要把大醬濾掉。

接下來是木耳炒海參，用小火先熱一下平底鍋，把海參和木耳放入翻炒，這時淋一些清酒代替油，可以添香氣。

待鍋內的水分消失時再加入一點油，放入大量的蒜片和大蔥，用少許蠔油調味，「依然用小火」翻炒，不要讓大蒜和蔥燒焦了。

從冰箱裡拿出泡菜，醃黃瓜也拿一些，就像為身體健康的人準備一樣。妻子吃得不錯，只把有點燒焦的大蒜挑起來。

我覺得很飽，好一會兒什麼都吃不下。

兩碗雞蛋湯

當緊張感消失，全身上下就會開始痠痛，因為講了很多課，幾乎沒有休息。身體疲累時，第一個反應是消化不良，難受了好幾天才去打針。打完針，全身無力，帶著還有事情沒做的不安，不由自主的睡著了。

等消化問題解決，牙齒卻開始痛了，去了一趟牙科，情況不好，必須按部就班治療才行，第一天先洗牙並治療蛀牙，好像在哪裡聽過，洗完牙會很累……

週末因為生病躺下了，全身痠痛，冷汗直冒，一整天睡睡醒醒，要喝雙和湯還是要吃泰諾林止痛藥……結果又睡著了，好像聽到什麼聲音，好像有人在叫我。睜開眼睛環顧四周，家裡一片寂靜，房門關著。

夜裡，心想應該要吃點什麼，於是走到客廳，今天妻子的狀態看起來不錯，從看護一整天的記錄看來並不壞，但問了，似乎很累的樣子。「天氣那麼好，卻不能出去走走」，最近偶爾也會忍著痛，由看護陪著出去走走，不管怎麼說，用像毒品一樣的鎮痛劑一天一天撐過去，這樣好嗎？

我問妻子有沒有想吃什麼，她好像已經想好了，說雞蛋湯。

不久前去修車，在等待時看了一會兒電視節目，剛好介紹雞蛋湯的做法，只要準備好材料，做起來並不難。但看我行動的樣子好像身體很難受，妻子要我回房休息，下次再做就好了。我說反正我也要吃晚飯，很快就可以做好，一起吃吧！

要說跟以前有什麼不一樣，應該是做事的方法不同吧！以前會慌慌張張、手忙腳亂地拿鍋子、平底鍋出來，打開爐火，都是以前煮泡麵的習慣。現在則是會在腦子裡先想好順序、準備哪些材料，連量也可以大概抓得出來。

準備的時間都花費在把材料拿出來、裝水、解凍、取出「適量」。等材料都齊了，才挑選合適的鍋子或平底鍋。

首先要做的是雞蛋湯的湯底，在鍋子裡裝水，把昆布、大蔥根、辣椒籽、乾香菇放進鍋裡煮。煮湯時，就把牛肉和海參解凍。洋蔥半顆、胡蘿蔔半根、香菇一朵、青陽辣椒半根、紅辣椒半根，切碎放在碗裡。

在乾淨的砧板上把大蔥切好，都準備好了吧？還有三個待辦，將蟹肉棒撕成一條一條的；拿三個雞蛋打散；將一勺太白粉加水溶解。

接下來很快就可以完成，拿出平底鍋淋上油，放入大蔥做成蔥油。用小火拌一拌，然後將牛肉和海參放入一起拌炒，這個時候要調成大火。拌炒得差不多了，再把蔬菜一次「倒進去」，加入蠔油兩匙、有機醬油兩匙調味。

如同大家所知道的，洋蔥變色就代表炒好了。這時再把先前準備好的肉湯倒進去用大火煮，接著以太白粉水調節濃度。再煮一會兒，放入蟹肉絲，一會兒把火關掉，將打好的蛋液以繞圓的方式緩緩倒入鍋中。

完成了。

湯舀進碗裡，撒上胡椒粒並淋一點芝麻油，一點點辣油。辣油自己做也很簡單，將食用油煮過，再倒入盛有辣椒的碗裡攪拌一下即可。味道和感覺各有不同，但如果什麼都不加就太乏味了。

看著妻子吃，總會仔細觀察她的表情。

「好吃」妻子說，同時臉上顯得放鬆，我也跟著安心。妻子說想加點花椒，於是我把花椒拿來。

「要不要嘗嘗加了辣油的？」

「嗯！」似乎很餓的樣子，一向不喜歡就不會吃了。

我也吃了另一種口味的雞蛋湯，兩碗都吃了。

兩碗明太魚湯

天氣一冷就讓人想喝熱湯，今天就是這樣。太晚出去散步，回來時太陽已經下山了，一路上吹著風，好冷。妻子說想吃白淨湯頭、熱呼呼又爽口的明太魚湯。

明太魚湯很簡單的。

進了廚房，第一步先做湯底，用銀魚少許、青鱗小沙丁魚兩條、煮湯用的乾紅蝦少許、兩瓣蒜、辣椒籽少許、乾香菇少許，將這些材料放入鍋中煮十分鐘左右，再放入四、五片昆布，繼續煮五分鐘後，將料都撈起來。

煮湯期間就來準備其他蔬菜。蘿蔔洗淨切成薄片、青陽辣椒一根與大蔥都要切細，豆腐切成小方塊，最後拿一顆雞蛋打散。

明太魚一條就夠了，先切一半（要小心，有可能會被明太魚反刺刺到），然後泡在水裡大概一分鐘，明太魚的肉質就會變軟了。

將泡過的明太魚用水沖淨（這裡也要小心），用剪刀將魚鰭及尾巴剪掉，並把魚剪成一口大小。

準備好很快就可以動手了。

最好使用鑄鐵鍋或不鏽鋼鍋，倒油（芝麻油或紫蘇油均可，也可以將這兩種油適量混在一起用），先放入大蒜略炒，再將明太魚放進去炒，這時輕輕撒點鹽巴，魚肉會更好吃。

將準備好的湯底倒進去，加入切好的蘿蔔片一起煮滾。當湯漸漸變白時，把青陽辣椒和豆腐放進去，再煮一會兒。可以用韓式醬油和魚露調味，不過淡一點也很好吃。

多虧「青陽辣椒」的辛辣，最後加入大蔥煮一下，淋上打好的蛋液即可。

將湯碗用微波爐熱一分鐘，倒入熱騰騰的湯。老是沒胃口，一桌飯菜經常原封不動擺著，這回吃了兩碗。

失敗的燉鮟鱇魚，保險的效果

目前為止記錄的食譜，大都是第一次做的菜。寫下來是為了回憶及反省。不過，雖然都是第一次，大抵都還成功，唯有燉鮟鱇魚算是接近失敗之作了。

燉鮟鱇魚的料理方法，經研究結果如下：一、製作湯底。二、將鮟鱇魚先煮熟。三、將魚移到工作檯上，確認湯底。四、將去頭的豆芽菜放上去。五、調製醬料拌勻再燜煮一會兒即可。很簡單吧！

再詳細說明，放上豆芽菜及醬料燜煮時，倒入加水的糯米粉。其他蔬菜，像是洋蔥、茼蒿、水芹菜等都是次要的，加入其他海鮮也可以，像是海鞘，蝦子或牡蠣也不錯，不過加一點就好了。

重要的是豆芽菜和醬料，使用胖呼呼的豆芽菜當然好（不過有機豆芽沒有那種）。醬料調搭的比例如下：辣椒粉五大匙、韓式醬油一大匙、蠔油一大匙、蒜泥二大匙、蔥泥一大匙、清酒二大匙（與料理用酒混合也行）、果糖一大匙、生薑汁一大匙。

這裡最重要的是辣椒粉，有很辣的與一般的，以我的經驗，很辣與一般的比例約一比二最好。醬料調配好之後，可以依照個人喜好，再加入芝麻油或紫蘇油拌一拌也不錯。

我之所以會失敗，首先是沒有胖呼呼的豆芽菜，而且燜煮得太久了，使得豆芽菜失去清脆的口感。辣椒粉不夠辣味就遜色了。沒有生薑汁可以將生薑磨成泥，但我忘記了。如果蒜泥再多放一點味道也會更好一些……把青陽辣椒磨碎放進去也可以突顯辣味……

真正失敗就在幾乎完成的時候。最近做菜都不嘗味道就直接上桌，這一次怎麼說都覺得有點心虛，所以嘗了嘗味道。真是太粗糙了。自己也很訝異，就多加了一些果糖，也許是加太多了，又嚇了一跳，於是又多加一些辣椒粉，總算好一點了。總之，最後有點尷尬的下了「像你平常做的一樣好吃」的結論，然後安靜的吃了。吃得一點都不剩，飯也吃了整整一碗。

如果使用很好品質的辣椒粉，味道一定很棒，也許是因為這樣吧。好的醬料對菜鳥廚師來說就像保險一樣，譬如做莎莎醬時，使用八年熟成的義大利香醋，要不好吃都很難。

長期以來，看著我的食譜並讚美我「也許是主婦百段」的讀者，教了我一個讓食物美味的秘訣。

要燜煮得美味，先用大蒜、生薑、酒、胡椒等調得比較鹹一點，把鮟鱇魚稍微醃一下；鮟鱇魚卵和搗碎的豆腐混合在一起放上去（為去除魚卵的腥味，一樣要用大蒜、生薑、清酒、胡椒一起拌）；醬料最好事先調配好，放個三、四天再用（至少一天一夜）；豆芽菜先燙過，就像用大火拌的感覺；

鮟鱇魚煮過之後放入冷凍室（三十秒左右）再拿出來，肉質會像龍蝦一樣好吃。

去醫院的路上

太晚起了，現在準備好出門，可能要兩點才會到，還是先傳個簡訊過去。

現在才起床，對不起，我會盡快趕過去。

盥洗過後回房間，看到手機的訊息通知一直閃爍。

沒關係，您慢慢來，路上小心。

兒子的話真是溫暖。把頭髮吹乾，得買支新的吹風機才行。這支用太久了，不但聲音大而且只有熱風又不太靈光，吹得耳朵發燙。不記得什麼時候開始有這個想法，為什麼我需要的東西總是買不到好的？

走到陽臺，把前天洗好的電熱毯和今天要穿的T恤拿進來。櫻桃樹上長滿了櫻桃，應該摘下來，心裡這麼想，但還是裝作沒看到。

電熱毯用什麼裝好呢？到放紙袋的地方看了看，沒有合適的，去了衣帽間，如果有好看的包袱巾拿來包也不錯，意外發現不錯的紙袋，把電熱毯摺起來放進去，再去把晾衣架上的披肩也拿下來，然後穿上短褲。

要在醫院待三天兩夜，這幾天要吃的藥、筆電，還有書都帶著，最近流行電子書，紙本書帶兩本就夠了，包包很輕，諷刺的是更感覺書的沉重，就算只帶一本也覺得很重。

上車了，最近很享受一邊開車一邊聽說書，今天要聽什麼書呢？打開手機翻看目錄，看了一會兒還是放棄，就休息一下吧！慢慢開車，星期六下午一點，路上應該很暢通吧！

怎麼回事？一上幸州大橋就開始擠了，進入內線車道，果然好多了。進入自由路後，雨滴開始在車窗上散開成花，像秋菊一樣盛開。雷聲大作，一路聽著雨神滴滴答答的嘮叨，來到了醫院。

停車場冷冷清清。按下電梯按鈕，這才想起書帶錯了，下星期的課要講的不是科學，是哲學，但帶的全是科學書……還有電子書，應該不是太大的問題，應該不是太大的問題……

妳喝的果汁

好久沒有榨果汁了，做法有點不一樣，以前用慢磨蔬果汁機榨出來，直接就喝，但現在已經不行了，必須反覆多榨幾次，裡面不能有一丁點果肉殘渣。榨好後還要先放一會兒，等極細小的粉末完全沉到底部，才能稍微潤潤嘴唇。

大概有一個月了吧，本來連水都喝不下，發現還可以用這來濕潤嘴唇，不知有多開心。這是我可以為她做的，沒想到又再次可以做了。

西瓜、蘋果、番茄、芒果、葡萄汁……每一種水果壓榨的次數都不同，但其實我也不知道要幾次，反正就是直到最密的篩網也篩不出果渣為止。

用 HUROM 慢磨蔬果汁機榨出來的果汁，過篩後往往因為果渣的關係，果汁只一點點。果渣堵住篩網必須清掉，用水沖一沖，再抖一抖，再篩。

那些果渣一開始讓人心裡不自在，和果汁一樣多的果渣，要丟棄很捨不得，但經過一、兩次之後，就再也不介意了。

為什麼這樣細密的篩網過篩五、六次了，還是會有果渣，雖然越來越小。反覆好久，才弄出兩個小玻璃杯的量，但現在也得花上一星期才喝得完。

這樣做果汁，洗碗槽裡原本透明的清水也出現變化，做芒果汁就會變成黃色、做葡萄汁就會變成紫色。色彩變幻很有意思，很神奇，沒想到現在連這個都看得到。

果汁都弄好了，心裡卻不舒服，因為沒有漂亮的瓶子可以裝，翻遍了家裡都找不到，沒辦法，只好裝在不喜歡的瓶子裡。

明天早點出門去買瓶子吧！可惡的健忘症……來來回回找手機，到底放到哪裡去了……終於找到了，在手機備忘錄記下，

「買小而美的玻璃瓶。」

這段文字的背景畫面是妻子的臉，在她喝芒果汁時捕捉到的，眼中閃過一絲喜悅和滿足的光芒……有多久了？抬起頭像孩子一樣的笑，就是這個味道，活過來了。

這個記憶會隨著時間褪去嗎？與現在這份心痛一起。

是這樣的嗎

非常簡單的銅盆拌飯

已經一個月了，吃過飯之後就要吃一顆幫助消化的藥，才能稍稍緩解胸口的鬱悶，但是幾天前這招失效了，一天只吃一餐卻要吃三次藥，且還是一樣不舒服。好害怕，每到夏天腸胃消化就會出現障礙，很辛苦，一個多月來什麼都不能做，不能這樣，有人正期待我的手藝啊！

昨天去看了醫生，順便聊了一下。醫生非常清楚我的狀況，他說以我現在的狀態，能好好吃、好好消化反而才異常，要我不必太在意。接著問我最近有沒有按時吃飯。一瞬間我的眼淚便掉了下來，深呼吸之後，我說一天就吃一餐或兩餐。醫生問都吃些什麼，我叨叨絮絮的一一道來。

自己做拌飯吃，很簡單的。去小菜鋪把每一種拌菜都買回家，大概有七、八種吧！家裡的電子鍋壞了，所以都買即食飯吃。本來以為拿去維修中心很快就可以修好，結果並不是。真的很鬱悶。今天得再去問一下才行。總之在飯裡加入兩倍量的拌菜一起攪拌。還會撒大量的芝麻油和紫蘇油，還有拌飯用的辣椒醬也會加一點。全都加在大碗中，戴上塑膠手套用手混拌，像銅盆拌飯啊！當然也會煎一個荷包蛋放上去，昨天還把兒子買回來的豬肉，烤了一些也一起吃了，還洗了一些包飯用的蔬菜放在旁邊……哈哈！我說得太多，聽起來好像吃很多，但其實量都只有一點點，只是怕拌的時候會掉出來，所以才用大碗公。

「這樣很好啊！」

一直靜靜聽我說話的醫生笑著說。

「沒有什麼大問題，我會開一點藥，回家吃一個禮拜就好了。」

一點藥吃一個禮拜？醫生說起來好像沒什麼，等到藥局領了藥才知道，絕對不只一點，花費也不只一點，藥量更是多。不過那個年輕醫生還真是會說話，今年遇到很多很好的醫生和護理師，因為他們讓我對西醫的看法有很大的改變，有生之年應該為這間醫院做點什麼才是。心裡有了這種想法。

昨天晚上開始吃藥，今天早上就吃了一塊麵包，也喝了咖啡，雖然還是有點擔心，但似乎應該沒事了。真的沒事了。下午決定再做銅盆拌飯來吃，按照醫生的指示乖乖吃藥。心裡舒服多了，只有深不見底的悲傷越來越深。

排骨湯與煎雞蛋

喪禮結束後，小姨子們問妻子的衣服和物品要不要整理一下，也跟著回家裡來。我想下廚做點東西請她們吃，問她們想吃什麼？兒子卻說爸爸看起來很累，小姨子們也像約好一樣，異口同聲說出去吃好了。

兒子點了排骨湯，大家邊等東西送來邊聊天，說到在安寧病房的那段日子，說著說著，眼淚又流了下來，明明剛剛還好好的啊……

東西送來，大家一時無話，紛紛吃了起來，沒吃多少，兒子便放下筷子，好像腸胃很不舒服的樣子，我立刻起身出去買腸胃藥回來。大家幾乎也都沒吃什麼。

兒子回到家裡什麼都吃不下，就連叫外賣炸雞也一樣，如果煮排骨湯會不會吃啊？買了很好的韓牛排骨（比想像中貴了不少）。排骨湯只是比較花時間，但做法很簡單。

首先，將排骨泡在水裡三、四個小時，去掉血水，比起一直泡在同一盆水裡，如果能換個兩、三次水比較好。接著放進滾水中煮三、四分鐘，把水倒掉，排骨沖洗乾淨，到這裡才算是準備好了。

再拿大一點的鍋子裝水，放進排骨，再加入大蔥一根、大量的蒜頭、生薑一塊、洋蔥一顆、青陽辣椒一根，一起煮一個半鐘頭。然後拿掉以上的材料，並清除浮起來的雜質和油脂。好的排骨不會產生太多雜質和油脂。

在放有排骨的湯中，加入切成薄片的蘿蔔及乾大棗，繼續煮三十分鐘，接著加一點韓式醬油調味，吃的時候可以依照個人喜好加入蒜泥、大蔥，再撒點鹽就可以了。

現在輪到煎雞蛋了，聽說煎得越薄（？）越好吃，這個嘛，那樣才好吃……總之是挺微妙的。因此，在平底鍋上將蛋液薄薄展開、翻面時還能不弄破蛋皮的技術是必需的。當然也要有一個好的平底鍋，要不然會沾鍋，那就會壞了模樣。

只要堅守五點，比想像中簡單。

第一，薄薄地塗一層油預熱。

第二，用最小的火。

第三，打蛋時加一點水，如果把蛋白和蛋黃分開，顏色會很漂亮，擺盤也美觀，但是太麻煩了（食譜也要寫得比較長），乾脆還是加一點水把蛋打散就好，啊！打了蛋的時候要用筷子把卵黃繫帶[21]挑出來。

---

21 譯註：卵黃繫帶是指在蛋黃的兩端各有一根固定蛋黃用的白色絮狀物，是蛋白質濃縮造成的。它就像繩子一樣，把蛋黃固定在蛋殼上，使蛋黃維持在蛋白中心，震盪的時候，起到緩衝作用，保護蛋黃不受傷。

第四，把打好的蛋液倒在平底鍋上，薄薄地鋪平。

第五，煎的時候要仔細觀察，蛋皮要「充分」熟了又不至於破掉的程度，用長筷子從旁邊往中間伸入，輕輕挑起蛋皮翻面。這個步驟要小心才能翻得漂亮，等正反面都熟了就可以了。

接著將煎好的蛋皮移到砧板上切成絲。排骨湯加上雞蛋絲、冬粉及金針菇一起吃才好吃，冬粉單獨煮較好，放進湯裡直接就可以吃了。

太慢了嗎？全都弄好已經晚上十點了，明天再吃吧！

第二天一早，我和兒子一同去保險公司，辦完事情剛好是午餐時間。走進一間賣排骨湯的店，家裡也做了好吃的排骨湯啊……

兒子點了韓牛湯，我點了排骨湯，既然來到這麼有名的店，當然會想跟我自己做的排骨湯比較一下。肉吃膩了不想吃韓牛湯，排骨湯倒還不錯，但對兒子來說排骨湯的肉有點少。

兒子去上班，我開車去清洗及維修，然後直接去上課，晚上十一點半才回到家，但兒子還沒回來，直到我就寢前都還沒。凌晨醒來，看到兒子正在熟睡。煮好的排骨湯到現在還是沒有人吃。

今天早上吃嗎……？把兒子叫起來吃？話說回來，今天特別覺得胃不太舒服，昨天喝了排骨湯才這樣，這時候清爽的豆芽湯最好，明太魚湯也行，於是出去買了一袋豆芽菜回來。

排骨湯煮太多了，到底什麼時候誰會吃呢？不停加熱，蘿蔔會煮爛了……要把湯和排骨分開送進冷凍庫嗎？

前幾天在冷凍庫裡找東西，偶然看到了山薊菜，是燙過才冰起來的，心想哪一天來做山薊菜飯好了。

很簡單，山薊菜切成適當大小，用韓式醬酒、紫蘇油拌一拌。像平常煮飯一樣，放在洗過的米上面就可以了。我平常煮飯會放薑黃粉，不過這種時候就會少放點，讓顏色看起來有點黃又不會太黃的程度。

醬料必須好吃，這跟刀削麵店的生泡菜一樣重要。我做過的是這樣，釀造醬油四匙、水二匙、辣椒粉半匙、少許蒜泥跟青陽辣椒、梅子汁一匙、紫蘇油一匙半、大蔥切成碎末多準備一點，以紫蘇鹽代替芝麻鹽，其實……大致是這樣，不過有時為了品嘗「特別的味道」，會再加入其他東西。

做料理時，通常不需要做到一半試嘗味道，不過做調味醬則要邊做邊嘗，因為比例稍有一點不同，味道就會變得很不一樣，以前曾有過失敗的經驗。

煮大醬湯，雖然簡簡單單就很好，但我總會加很多香菇，把整袋拆開，適當地斜切成一片片，我喜歡厚一點的口感，一朵香菇大概會切成四片。

應該放入銀魚才好吃，如果有用蘑菇泡製而成的肉湯，味道會更好……不過現在沒有那種東西。

大醬湯很簡單，將肉湯煮滾，放入香菇煮個五分鐘左右，再加入兩匙大醬繼續煮，關火前將大蔥斜切放進去即可。加入一些番茄也很美味，其實番茄不管加在什麼料理中都很好吃，豬肉料理也一樣。

好像做了很多，其實只有飯、調味醬和大醬湯而已，這裡再加上一道非常簡單的主菜。將兩塊厚厚的白帶魚放入烤箱，設定好時間即可，聽到烤箱「叮」一聲響起，把白帶魚擺上桌就完成了。

拿出預先做好的幾道涼拌菜、醬花生、泡菜，還有一杯香甜的葡萄酒。

突然想起兒子，昨天晚上沒回來……還是先傳個簡訊給他。

沒什麼事吧？昨天晚上沒回來？還是今天一大早就出去了？

「對不起，沒跟你聯絡，因為萬聖節玩得很開心。沒什麼比玩得開心更好的事了。晚點見。」

「要好好吃飯。」

現在正要吃飯，你也要好好吃飯。

進兒子房間看了一下。已經可以自在進出了。人的心真是很快就能穩定下來。兒子房裡掛著妻子的照片。

該吃晚餐了。

過得好嗎？沒什麼事吧？

我過得很好，不用擔心。

想到妻子總是把我當成被留在河邊的孩子一樣擔心，不禁笑了出來。

我都已經幾歲了……

但還是跟孩子一樣啊！

我承認！

回到餐桌前，打開電視機，今天有什麼呢？ＯＣＮ和Super Action……《搞笑音樂會》[22]也不錯，電視機裡的喧鬧聲很快充斥了整間屋子，但我的心裡依然寂寞。有句話一直在腦海打轉，「真好吃……呵！」香甜的葡萄酒好喝。

聽著唧唧喳喳的聲音一邊想著，抽了張面紙擦去鼻涕和眼淚。

22譯註：ＯＣＮ和Super Action都是韓國有線電視頻道中的電影頻道。《搞笑音樂會》是韓國ＫＢＳ電視臺一個很受歡迎的節目。

今天晚上看什麼書好呢？要寫什麼好呢？星期二早上有課，應該先準備好……對了！還有一篇稿子要完成才行。要談克勞德．李維史陀（Claude Lévi-Strauss，法國人類學家）？還是羅蘭．巴特（Roland Barthes，法國文學家、社會學家、哲學家）？話說回來，《權力遊戲》[23]下一集什麼時候才會播出？

23 譯註：美國電視連續劇。

稍微做點改變的菜單

這段期間是不是太偏食了？拌茴芹、拌綠豆芽、拌菠菜、拌豆芽、拌防風草、拌馬蹄菜等，都是吃這些菜配上一點烤豬頸肉。雞蛋則用煮或煎的半熟蛋，或是跟洋蔥混合做成炒蛋。

用銀魚做湯底煮雞蛋湯，在家前面的精肉鋪買了味道濃郁的辣牛肉湯，放入少許大蒜，大蔥切成蔥花滿滿放下去，就這麼吃了。

飯用白米和糯米煮，再混合幾種雜糧穀物，加水時也順便加入一些薑黃粉。

用烤牛肉取代豬肉。為什麼要吃這些東西，我也不知道。好像已經習慣了，這些是比較能吃得下的東西。

這段期間難得吃海鮮，偶爾才會買大邱的肉燒餅來吃。

雖然對熟悉的事物比較執著，但是沒有變化和感動也不行。在熟悉的事物中帶入一些小變化，伴隨而來的感動會深植人心。如果沒有那些，熟悉感很快就會讓人厭倦，催促人快點和那種感覺分手。有些人不知道，對它們感到又討厭又可惜，漸行漸遠。

一個月前去江華島的風味市場，還吃了烤魚。如果在家裡自己做，應該會受不了那種腥味吧？如果有烤箱應該沒關係，雖然是很小的烤箱。

因為肚子餓所以走進廚房，啊！不對，又走去兒子房間，他好像還在睡，在房門口先觀察一下，好像醒了，我敲了敲房門走進去，一邊拍拍他，一邊問：

「要不要吃飯？我可以做烤魚或烤豆腐給你吃，如果嫌麻煩，牛肉湯拌飯吃也好。」

「不用了，我想再睡一下，起來洗個澡就要出門了。」

雖然希望他吃點東西，但看他那麼累就算了吧！

「下次想吃什麼就告訴爸爸，不管什麼我都做給你吃。」

「好。」說完眼睛又閉上了。

又來到廚房，先拿了顆蘋果洗乾淨，一邊啃著蘋果一邊準備吃的。把昨晚用鹽巴醃的鯮魚拿出來沖洗，「還是把內臟去掉比較好吧！不然會有苦味。」

去除內臟，用刀子劃了兩道，放進烤箱裡烤。烤箱先預熱五分鐘再設定烤十分鐘。想吃香噴噴的肉，設定這個時間就可以了。如果想咔嗞咔嗞的啃骨頭，就要設定十五分鐘。十分鐘烤兩條魚，十五分鐘烤三條魚，就決定這樣。明天試試烤白帶魚或鯧魚。

兩、三天前，家前面新開了間賣豆腐的店，於是便買了豆腐回來，就烤來吃吧。每每經過那家店都會想，賣豆腐負擔得起那昂貴的店租嗎？真是令人擔心。

把豆腐從冰箱拿出去，擦掉水氣，切成適當的大小。在平底鍋裡倒入紫蘇油，等鍋子變熱，再把豆腐放上去，轉成中火，另外還做了調味醬，喔？沒有蒜泥。

把所有蒜頭取出，去除蒂頭，搗成蒜泥。做了一整桶，感到很滿足，這是做醬料最常用到的，必須有足夠的存量才行。

動手做醬料，醬油和水少許、砂糖少許、辣椒粉少許、大蒜少許、大蔥切碎可以多放一些、醋少許、紫蘇粉適量。

一邊做一邊把蘋果吃完了，一碗飯分成兩半，烤十分鐘的鰶魚和烤十五分鐘的鰶魚各一半搭配著吃。邊烤豆腐邊做醬料，豆腐好了就直接在廚房吧

檯上吃，多挖了半碗飯，再拿出醬花生和泡菜搭配著吃。

拿出來的東西又都再次放回冰箱了，「整理」好之後，泡了杯咖啡，回到書房坐在書桌前，音樂……！想聽傑森．瑪耶茲（Jason Mraz，美國創作歌手）的〈I'm Yours〉。打開音響，稍微提高音量，全身也跟著沸騰起來。記憶，無法抗拒的記憶。放肆的悲傷充斥了整個房間。

待稍微平靜後，換另一首音樂，打開書，兒子來了，說要去上班了。父子倆互相擁抱親臉頰，送兒子到玄關，兒子一直揮手直到門關上為止。

雖然只有一會兒，但也一起檢查了衣著儀容，幫他把衣服該扣的扣子扣上，忘了的東西回房幫他拿，路上小心，要愉快喔。

離開了，總有一天大家都會離開，不是嗎？我也是。轉過身去，為什麼會有這種淒涼的想法呢？

客廳與書房、臥室的窗戶全都打開，我想換個空氣。

馬蹄菜麵，就這樣

想吃點熱辣辣的東西，看了看冰箱，裡面有馬蹄菜。馬蹄菜很硬，要耗費很久的時間煮，會讓人等得氣絕。跟醬料一起拌也是，要使勁地拌才行。醬料是蒜泥加一點醬油和大醬，還有芝麻油、紫蘇油和紫蘇粉各少許。

做涼拌菜時，可以用燙過青菜的水來煮麵條。不過以馬蹄菜來說，說用燙的，不如說用煮的比較貼切。而且煮過之後的水顏色會變深，用來煮麵條也會沾上。

所以用事先做好的銀魚湯底加熱來煮麵條，把剛才做好的馬蹄菜滿滿地放上去，加入香香的青蔥，湯有淡淡的大醬湯味道，還有一點青蔥的香氣。將炒過的香菇和鱈魚餅切成漂亮的小塊狀，海苔也撕幾張放上去。

其實也不是真需要那麼久，在廚房做菜是很自由的。之前最多只不過是煮個泡麵加蛋而已，現在習慣改了。所以，妻子才會那麼挑剔地對待我嗎？

十分鐘就可以做好的料理，非常簡單。在肚子餓又找不到東西吃，極度痛苦的夜晚，常做來吃。

如果要把麵條煮得好吃，當然必須有銀魚湯底才行。那是在看書的時候做的，用一個非常大的鍋子裝水，放入各種材料。

有很多銀魚，幾條青鱗小沙丁魚，滿滿的乾香菇，辣椒籽適量，大蔥根有就放，蒜頭幾顆，青陽辣椒也放幾根，蘿蔔也是……還放了一顆蘋果下去，昆布晚點再放，瓦斯爐的烹煮時間設定二十分鐘。

看書看久了如果覺得屁股痛、拿書的手痠了，就起身去廚房瞧瞧。爐火熄了，把昆布放進去再煮五分鐘，然後回到書房。就這樣煮了大約二公升的湯底。因為常常看書，所以湯底總是源源不絕。

煮麵吃的日子大概都是配拌菜，今天用了很多芝麻油、一點點鹽，精心拌了燙過的朝鮮茼芹。燙兩分鐘，葉子的部分再燙一分鐘，用冷水沖洗後切成適當大小。

朝鮮茼芹很香，至於對身體的各種好處就省略，用燙過朝鮮茼芹的湯煮素麵，麵熟了，放到冷水中洗一下，再拿起來拌一拌。

一點蒜泥、韓式醬油少許、另外放一點紫蘇粉，輕輕攪拌。材料都準備好了。

將預先做好的湯底拿出來熱過，用鰹魚濃縮液調味。放入麵條，把拌好的朝蘇茼芹滿滿放上去，香氣和味道都不可思議。

清燉雞

星期六原本是去醫院的日子，是疲憊不堪的身體與心情忙碌的日子，但有一天一切突然像海市蜃樓一樣全都消失了，現在週六是休假日。

十二點，肚子有點餓，吃什麼好？在冰箱翻找了一會兒，冰箱裡隨時都有從生協超市買回來的雞腿肉，有了這個就可以簡單做東西吃了。清燉個一小時一定很美味，如果想味道重一點，放兩個下去煮滾就可以了。

把雞腿解凍，放在大鍋子裡加水煮滾，這時要加一點料理用酒，蒜頭十顆左右，大蔥一根洗乾淨切成段，生薑少許，青陽辣椒是當然的，再切一點蘿蔔放進去。

烹煮時間設定一個小時二十分鐘，然後回到書桌前。

想看的書很多……上臉書看了一會兒又再次回到廚房。把煮滾的爐火關小，另外在茶壺裡裝水，想煮麥茶。先把水煮開，放入炒過的大麥再煮十五分鐘，最後要把大麥撈出來丟掉。

洗臉、洗頭、吹頭髮……時間很快就過了。

拿出幾天前送來的高山白菜醃成的泡菜，還有自己做的醬花生和朝鮮茼芹。清燉雞放在大碗中，撒一些鹽和胡椒……打開電視，最近正在看一系列的紀錄片，看著誇張的動作，聽著誇張的語氣，一邊吃得津津有味。

昨天是週五狂歡夜，兒子在外面通宵，想出門去散散步，又擔心他會不會比我先回家，怕他找東西吃，寫了一張簡單的字條放在餐桌上。「我做了清燉雞，你可以加點調味料吃，很好吃的。」

瞬間，突然想起電影《格鬥少年菀得》的主角「菀得」，寫了封信離家出走，結果最先看到那封信的正是寫信的菀得啊……怎麼會這樣？

有「大叔」看到我臉書上公開的食譜，受到刺激自己做飯吃。看著那個人的失敗經驗，忍不住笑了，如果不是經過嚴酷的修鍊過程……我只想說一件事。

買好的醬料、用好的食材，只要材料好，就算只是烤一下、用水煮滾都會很美味，啊！當然處理材料也要熟練，再加上秘訣。

晚點吃好嗎？炒豆芽

消化劑吃了有十天了吧？這段期間都不知道肚子餓，但肚子確實餓了。不想買小菜鋪的小菜回來吃，也不想吃其他餐館的食物，但總得吃點什麼，想了一下，就做最簡單的來吃吧！

炒豆芽，只要有材料，不用十分鐘就可以搞定。

先做中式的萬能醬料，家裡沒其他人，就用燒酒的酒杯當量杯吧！兩杯水、濃醬油半杯、蠔油半杯、糖五分之一杯、太白粉四分之一杯，好好攪拌，混合均勻。

接著準備材料，切細的大蔥、蒜泥，泰國小辣椒也準備著。拿出一袋豆芽洗淨瀝乾。找了一下看家裡有什麼肉，牛肉、豬肉都好，有豬頸肉，就像做雜菜那樣把肉切好。

平底鍋放上爐子倒入食用油，最近常用的是從生協超市買來的壓榨葵花油。在鍋中放入滿滿的大蔥，先做蔥油。再把泰國小辣椒和大蒜放下去炒一炒，接著把豬肉也放下去拌炒。豬肉熟了就把豆芽放進鍋裡，倒入一匙中式萬能醬料大火快炒。可以用鏟子等器具協助翻炒，但如果能直接拿著平底鍋「拋翻」會更好，這樣上下才能混合均勻。想讓醬料均勻浸透到材料中，就把鍋蓋蓋上燜煮二十分鐘即可。

從冰箱拿出白飯，用微波爐加熱兩分鐘，把炒豆芽放在飯上，可以吃了。啊！真好吃！但我卻流淚了，傳了簡訊給兒子。最近兒子都是夜裡十二點才回家，第二天一大早又出門了，都不知道他有沒有好好吃飯，每天只能傳簡訊給他，要他好好吃飯。

今天就算很晚回來，我也做炒豆芽給你吃，吃一點吧？

不用麻煩，沒關係。

不麻煩，沒關係。很簡單的，晚上吃也不會覺得身體有負擔，你最近都沒有好好吃飯啊！

隔了好一會兒，他才傳訊息來，

如果爸不累的話，就做給我吃吧！

知道了，要回來時打個電話給我，我會準備好。

不過豆芽好像沒了，得買一些豆芽回來放著，要做得好吃才行，雖然不能時常做飯給他吃，但偶爾吃了我做的菜，他總會說好吃，津津有味的吃個精光。

突然好想念妻子吃到好吃的東西一臉幸福的樣子，再也見不到了。

最愛的早餐

睡醒總是會披件罩衫就往廚房去，把煮得很好喝的麥茶再加熱，喝一杯，吃一顆蘋果，看看書，有時也會看看窗外的景色。

好像已經成了習慣，總是睡不飽，早上醒來後，常常沒多久又想睡了，然後時間過去，肚子也餓了。

等清醒一點了，「得吃點東西才行……」

將十二塊小番茄放入平底鍋，倒一點橄欖油，對了，香菇，拿兩朵香菇切成一小塊一小塊放進去。撒一點鹽、一點胡椒、一點料理用酒，用中火炒。當蕃茄變得軟爛時就先盛起來，接著做炒蛋。

打兩顆蛋，加一點鹽、一點料理用酒，攪拌均勻，用小火炒蛋。在炒蛋上還看得到因水分閃爍時把火關掉，因為太熟太乾就無法和番茄混合均勻了。有時也會加點牛奶。

會不會太單調了？想到有好的培根，就拿二、三片出來，另外用烤箱烤，擺盤時撒一點羅勒就會香氣四溢了。

拿出喜歡的小菜。做了很多醬花生和醬梅子，用高山大白菜醃製的泡菜。還有半碗飯。

看著吵吵嚷嚷的電視機。吃過飯就是甜點時間。還是一片加了像螞蟻眼睛一樣小的砂糖、不甜的提拉米蘇，和拿鐵，走到窗邊。

白玫瑰和紅色的天竺葵，總而言之，因為姿態可疑，所以決定來看看，哎喲！天竺葵的花語是「我愛你」，難怪總感覺似乎有微妙的眼神，呵！花語就是一切嗎？也有類似但不一樣的，「因為有你所以很幸福」，這個，這不就是會刺激淚腺的花語嗎？

哪天如果有空，真想像以前一樣，背起背包，上北漢山去。有陽光的話，就躺在山頂寬大的石頭上，在微風吹拂下聊天。萬一下雨了，雨水會在藍色雨衣上綻開，濺濕鞋子。說不定走路會很辛苦。

上山儘管辛苦，過去每兩天爬一次山的記憶還是會想起。也許現在身體裡殘留的水分還在流淌，不知道能不能好好的走。爬上山頂、告別再次相遇的風之後，下山得喝杯馬格利酒才行。

變得不快的臉不知道還能不能唱歌，就算別人說音痴、不想聽，那些因害羞而唱不出口的幼稚情歌，如果喝一杯馬格利酒，可以消除羞愧和歉意，又能讓人沉醉歌詞中的話。

哎喲！這……淨想些肉麻又淒涼的事，天啊！狠狠哭過之後，肚子餓了，吃飯吧！真是神奇，再怎麼樣還是會肚子餓，還是會吃……雖然吃完需要消化劑。

話說回來，今天要講的課是什麼主題……？好像有兩堂……是結構主義文學批評理論，還有，人文學是第三節課，那主題是文學！現在幾點了？十一點十一分，該準備出門了。

懸崖邊的小瀑布

只能忍受的細微絕望中，廚房散發著光芒。在做家事、下廚時才明白，原來如此，感受到和所愛的人之間隔著絕壁的瞬間，悲傷潰堤，水會嘩啦嘩啦的流。

把堆積了好幾天的碗洗了，撕心裂肺的悲傷也稍微被洗掉了。流動的水沖洗那些累積又累積的髒污時，似乎也帶走心中積壓的鬱悶。仔細想想，根本就不值得一提，根本就不算什麼……

過去生活的面貌無意中重現，就算再怎麼不懂，當時又怎麼會做出那種事呢？撕心裂肺的痛，如果現在才明白的道理當時就知道的話……一旦想起，就好痛。

最近彷彿回到青春期，每天都有新奇的經歷，像陣雨一樣，全身被淋得濕透，不同的地方，或許就在於這些經驗會讓我想起痛苦的記憶。

有一天，妻子吵著要進廚房，看著她乒乒乓乓洗碗，我一時無法理解，生氣了起來……看到懸崖就應該避開，怎麼會又被推到懸崖邊呢？年輕時說過的話和有過的舉動，被當成什麼意義，不得而知。

每個人都是一座島，在島與島之間有船往來，聯絡船隨時會離開，但很少人能夠如實地傳達自己託付的心意。隨著歲月流逝，被丟棄在碼頭的狀況越是明顯，彼此相愛了數十年，歲月一閃而過，討厭而生氣，就是離去的理由嗎？

聯絡船依然或者永遠都不可靠，我終於知道了，真是悲戚啊！

第一次一個人旅行

二十五歲以後，從兒子生下、長大，到妻子離開人世，一路過著像努力踩著腳踏車的歲月，又如走馬燈一般，帶著悲傷的臉，以慢動作走著。

寫下「第一次」，想起自己的年齡，五十九歲。在五十九歲的最後一週決定去旅行。也沒什麼大不了的，就一個人。旅行是由摯愛的學生打點的。

「二十一日的機票便宜，二十八日那天有行程，二十七日回來即可。淡季租車也比較便宜，您在那裡可以自在安心，獨棟房子不會感到不便的。」

為期一個禮拜的濟州島旅行突然就這麼成行了。其實猶豫了幾天才決定訂機票，訂了機票又想取消，不知來來回回想了多少遍。

因為不想去嗎？或許吧！我也不知道，只覺得怕，這樣的旅行是第一次，

「一切都好嗎？」

前不久，和出版社的編輯經過槐山，去了一趟清州，在飯店住了一晚。感覺旅行好像也不錯，看看陌生的風景，跟陌生人見面、交談，陌生的經驗很新鮮。

對我來說，旅行總是因為工作。聽說濟州島有三十七家書店，以為數不多的人口來看，書店數量算是多的，我決定把那附近的書店都逛過一遍。

「爸爸不是第一次去濟州島嗎？那裡有很多漂亮的地方要多去看看，多吃點好吃的，好好休息夠了再回來。」

即使眼前都還想把這趟旅行取消，雖然立刻又響起不要的聲音。為此，所有預約，無條件取消的期限都到明天下午為止。

令人戰慄又緊張的出發

昨天下了一場大雪，早上霧很大，兒子說回家時連路都看不見，只好慢吞吞的開車，熬夜加班後，加上辛苦開車，一到家就倒頭大睡。鄰近的機場也一樣，能見度差，飛機也沒辦法飛吧！果然來了聯絡，說飛機要延後兩個鐘頭起飛。

我慢慢地準備出門，叫的車十點到，但過十分鐘了還沒來。會不會被取消了，在地計程車不方便，因為昨天下大雪，早上又有濃霧，很多人放棄開車的樣子。

經過二十分鐘，計程車還是沒消息，怎麼辦？我開始感到不安，上網查詢金浦機場的狀況，似乎十一點以後的飛機都正常起降。

已經十點四十分了，得在十一點二十分前報到才行，現在不出門說不定就上不了飛機了，沒辦法只好把凌晨才回來的兒子叫醒，請他送我去機場。不知對他說了幾次抱歉，兒子也每次都回說沒關係。

會不會太晚了，得快一點才行，但路上濕滑，頓時讓人感到害怕。這趟旅行其實不去也沒關係，出了事可就不好了啊。

「飛機不會那麼準時起飛的，不用急，沒關係。」

兒子發現我的不安，稍微把車速放慢，說：

「……對了，我匯了五十萬元，給爸爸去旅行用的。」

「……不用這樣……謝謝。」

「下次用通訊軟體叫車吧！應該會比一般計程車好叫一點。」

「也好！」

「對了，租車預約了嗎？」

「嗯！預約了。我不在的期間你要好好的過，要記得吃飯。」

「不用擔心我，好好去放鬆一下吧！多吃點好吃的，放鬆心情再回來，這是第一次不是嗎？」

轉眼到了機場，好不容易找到韓亞航空的報到櫃臺，大排長龍。

看看時間，已經十一點十五分了，最後報到時間是二十五分，十分鐘內可以完成嗎？可以就可以，不行也沒辦法了。

就享受當下吧！這是在看護妻子時，不知說過多少次的話。等了很久，終於完成報到，我是最後一個人。

急急忙忙通過安檢，好不容易來到登機門，結果也是大排長龍，不過已經沒關係了。飛機起飛了，我的位置剛好在正中間，周圍都是陌生人，兩邊乘客很快就都入睡了，像鳥一樣前往島去。飛機離開地面，我的眼淚不知為何落下。

數千萬年的記憶

到了濟州島機場，取車，開往住宿所在的西歸浦。路上順便到龍頭海岸，原以為是有沙灘的海邊，結果卻不是，是可以看到數千萬年岩層堆疊成絕壁的石子路，路旁是蕩漾著散發有如綠寶石光芒的大海。

看著這些數千萬年前的記憶，一邊走著，大概有一個小時吧！一點一滴不同的回憶反覆出現，也形成了絕壁。

妻子在被確診為癌症後，又開始散步了。她原本就很喜歡走路，但我嫌麻煩。成了出版社編輯，又是一個公司的負責人之後，工作對妻子來說是世界上第一要緊的事，常常兩、三天都沒離開書桌，每到那種時候我都會說：「非要那樣不可嗎？」她就會回答：「要生存就必須這樣。」直到得了癌症，她才又開始散步。我也跟她一起走，她曾說和我一起散步的那三年是她最幸福的時光。

仔細想想，好像無關歲月，刻印在心的，無論如何都無法抹去，最近身體的記憶刺激著心，幾年前還討厭的散步，現在卻是最想要的，早上七點醒來，也是這個原因，過去為了幫妻子做早餐，原本像夜貓子一樣的生活習慣改變了，因為迫切，所以輕易做到了。

想起在安寧病房裡，妻子帶著充滿殷切的眼神說，「好想再到海邊走走，在溫暖的南海海邊。」

我和那些記憶一起，不理會陌生的綠寶石大海，沿著堆積著數千萬年記憶的岩壁行走，經過小水坑，迎著被岩石打碎的浪濤。

我是不是也在重複製造著類似的記憶？絕壁的盡頭是遙遠的未來，被甜蜜的回憶纏繞。

山房山臺階上的夕陽

龍頭海岸走了一圈，到一間咖啡店點了杯拿鐵。看著窗外，眼前正好有一座山，是山房山，因為上面有一個被稱作山房窟的海蝕洞窟，所以取名叫山房山了。

回住宿的地方，照導航指示開了一會兒車，看到山房山的登山口，一瞬間馬上改變心意，決定先上去看看。

不知從什麼時候開始，只要看到山就想上去。登頂的瞬間雖然短暫卻很強烈，那種快感足以讓人挺過艱難的上坡路。登山口旁邊有一座寺廟，往上是陡峭的階梯。

去年二月的時候，我們開始爬山，妻子好像在哪裡看過有人因為爬山戰勝癌症的故事，仔細說了自己的想法，因為我不喜歡爬山，倒是妻子打從年輕時就很喜歡爬山。聽完她說的故事，我也想爬爬看，這對我也是需要的。

第二天就去爬江華島上的文殊山。跟山房山的高度差不多，一開始兩個人慢吞吞的爬。我在山下就肚子痛，即使去過洗手間也沒什麼用，不過隨著一步一步往上，汗如雨下，疼痛早就消失得無影無蹤了。

下腹痛消失了，體力變好了，身體感覺也變輕了。每天爬文殊山，有點膩了，於是又去爬江華島的摩尼山，北漢山也去了。

就這樣，三十五天過去，期間只因為膝蓋痛休息過兩、三天。

想起爬過那些山，我又邁開步伐走上階梯，爬了二百公尺吧，看到了山房窟寺。從高處往下看，一切都不算什麼了，複雜又骯髒的「世俗」也很美。

要保持一定距離才能看清楚，是這樣嗎？從遙遠的地方看，真的可以看到完整的真相嗎？喝一杯酒看人世，也不過就那麼一丁點大，膽子大了，也

生出了豪氣，這就是麻醉的效果。

每天上山、下山，很有療癒的感覺，今天爬的山可以賺到幾年？我們相視而笑，說了這樣一句話。

然而，到了十月，病情又開始嚴重了，一年後妻子離開了人世，只留下登山的肌肉給我。

爬上山沒有很累，寺廟還好，洞窟倒是很大，很神奇。

下山時，在階梯上看到了夕陽。所愛的一切離開後，將會是這樣悲切的樣子嗎？在它全都燃燒成灰燼之前，我一動也不動的看著，直到寺廟亮起了燈，鐘聲響起為止。

身體的記憶

早上大概七點醒來，曾經像夜貓子一樣的生活已經不復記憶了。雖然很累，即使晚睡，全身痠痛，人也很難打起精神，但想再多睡一下，卻又睡不著，也許緊繃的日子過久了，也會造成創傷吧！

上完廁所，走進廚房，拿了顆蘋果洗淨、削皮，把籽去掉，切成十二片剛好一口大小，用玻璃盤盛裝，然後放在桌子上，再拉開可以看見海的客廳窗簾。

「接下來該做什麼呢？」突然有點不知所措，居然會這樣。二十五歲以後，生活總是有很多事情忙碌，一點空閒時間都沒有，在妻子接受治療之後，更是連心都閒不下來。

妻子已經離開三個多月了，回想一下，以前沒有這樣的時候嗎？這種時候都做些什麼了？

啊！早晨起來應該要呼吸新鮮空氣啊！走到庭院裡，深呼吸並做一些伸展，涼爽的空氣滲入還未完全醒來的身體裡，夏威夷椰子樹站得遠遠地正看著我，已經有二十年的一雌一雄兩棵蘇鐵[24]，親切地立在玄關守護著。

啊！這裡是濟州島啊！今天要去哪裡呢？我帶著「無比」清醒的腦袋走進屋裡，在書桌前選了首曲子，聽著早晨爵士樂、看著大海，一邊吃蘋果。有則訊息，是房子的主人，那個邀請我來這裡的聰明學生，今天推薦的地方是「治癒之林」[25]。抵達濟州島那天，龍頭海岸及山房山也是他推薦的，已成為濟州島居民的學生。

只要相信就有福，大部分積極的想法，前提比本身更重要。如果前提是正確的（例如值得相信的人），那麼積極的想法就能得到正面的結果。

點開學生傳來的連結，看了關於治癒之林的介紹。進入治癒之林撫慰心靈的傷痛，還是去小書店逛逛吧。

雖然吃了蘋果但還覺得餓，於是做了義大利麵，食材上毫不吝嗇。因為習慣嗎？一人份總是做成兩人份。我只吃了一人份，剩下的冰冰箱。義大利麵放個一天（也沒吃過放了兩、三天的），用微波爐加熱再吃，味道也不會太壞。

將材料一一收拾，「丟進冰箱」。算了，還是先睡一覺吧！

---

24 譯註：蘇鐵即鐵樹，雌雄異株，相傳是蘇東坡從海南島帶回中原，因此稱為「蘇鐵」。（來源：中研院數位典藏資源網）

25 譯註：位在濟州島西歸浦。

老婆，今天可能有點辣：為癌末妻子做菜 /
姜昌來著；馮燕珠譯 . -- 初版 . -- 臺北市：
大塊文化，2019.02
面；　公分 . -- (catch ; 242)
ISBN 978-986-213-952-3(平裝)

862.6　　　　　　　　　　107023132

LOCUS

LOCUS

LOCUS

LOCUS